王熙元撰

歷代詞話叙錄

中華書局印行

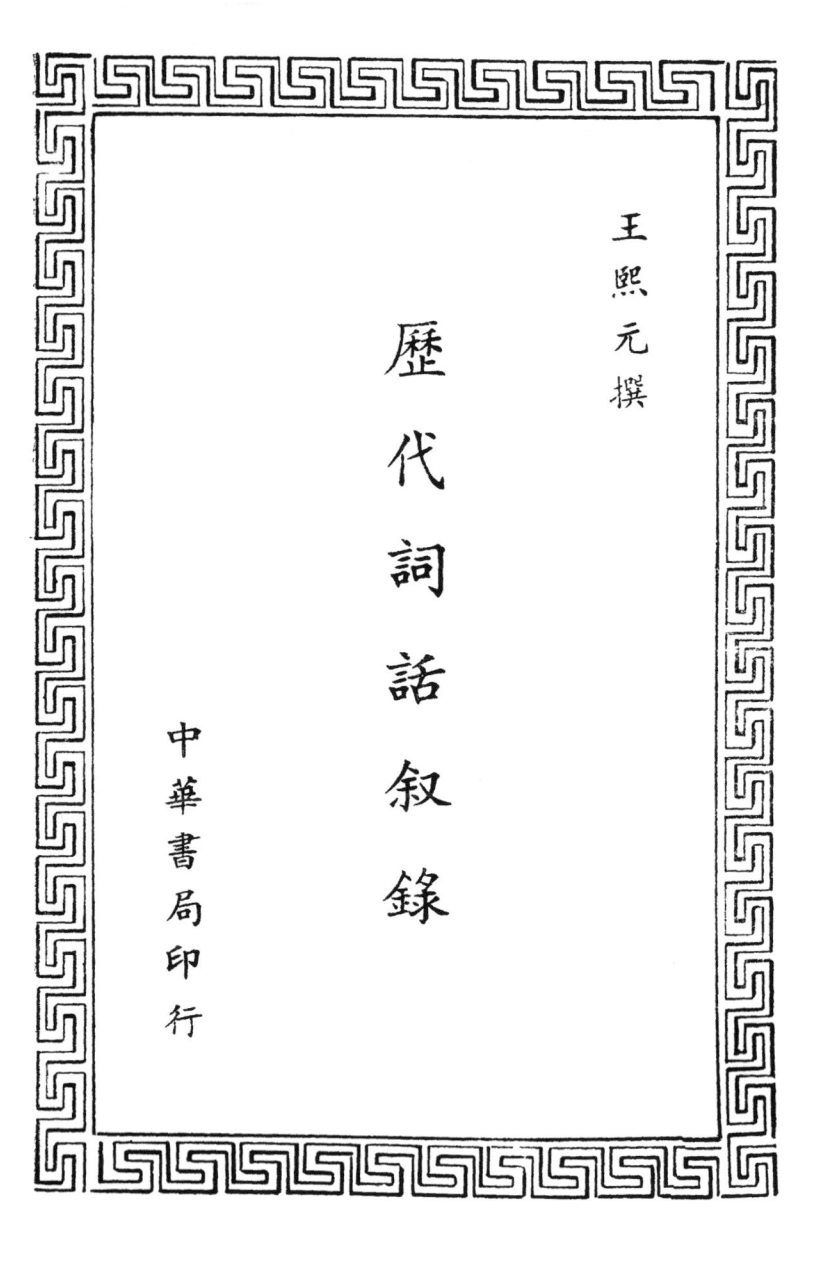

歷代詞話敍錄序

熙元大弟。擢秀蘭畹。篤志芸編。以熊湘雋才。爲鴻都學士。詁經之暇。旁涉藝文。嘗擇前修論詞專著八十二部。條其流別。撮其旨要。成歷代詞話叙錄一書。取捨維嚴。衡評務審。黜碔砆於叢玉。假金針以度人。洵學子之津梁。詞林之龜鑑也。函夏失寧。陽春輟響。而　君獨拳拳於雅道。滙此羣編。纂爲要錄。海客得探驪之妙。實獲我心。庖丁示解牛之方。請觀其目。

中華民國六十一年十二月成惕軒

舊序

世或以塡詞爲小道，此非深知詞者也。夫詞之源出於詩，其善者美人倫、厚風俗、通諷喩，終歸於性情之正，與詩相較，其用則同；而於興觀羣怨之旨，未嘗悖也。至其感時撫事，忠愛芊眠，達里巷之遙情，寄褒彈於時史，聲樂所被，厥效尤宏。周止庵嘗云：「詩有史，詞亦有史。」可謂言近而旨遠矣。昔時賢哲，如歐陽文忠、晏元獻、范文正、司馬溫公、王荊公，皆出其餘勁爲詞；忠烈如岳武穆、文文山，道學如朱晦庵、眞西山，亦時有佳製，爲世傳誦，感人至深；然則詞非小道可知也。

詞之爲體，蓋濫觴於六朝樂府，至隋之燕樂，遂以長短之句，委曲倚之於聲，是倚聲之學，淵源所自。其後，三唐導其流，五季揚其波，至兩宋而汪洋無涘，可稱極盛！花間一集，多古豔之作；北宋自東坡大江東去，屯田曉風殘月，或慷慨豪放，或婉麗溫柔，淮海、美成輩，繼之而起；南渡以後，鄱陽姜白石以高華雅正之作，蔚爲詞宗，於是稼軒、梅谿、竹屋、夢窗師之於前，碧山、玉田、竹山、草窗繼之於後，至此製作大備，誠可歎爲觀止矣！蓋製作愈多，派別愈衍，流傳旣廣，互有月旦，而詞話生焉。

歐公嘗作六一詩話，蓋以隨筆之體，論詩、話詩者也，此殆詩話之權輿。其後繼踵增多，幾於汗牛充棟。詞之有話，大抵倣其意而爲之。其初，北宋諸賢，多精律呂，依聲塡詞，皆有法度，名家輩起，但工染翰，評述無聞。逮及南宋，音律之學，日漸陵替，作詞者無準繩可據，知音之士，乃詳考律呂，細究文辭，蓋所以探其本源，明其法度，而詞話之書出焉。

詞話之作，淸李夔堂雨村詞話謂始自陳后山，蓋以后山集中載吳越王來朝等七條，皆所以論詞者。然與論詩之文雜陳，非別自成書，而爲詞話之專著，謂其爲論詞、話詞之始可，謂爲詞話之始，則有未協。考詞話之有專書，昉於南宋，如王晦叔碧雞漫志、張玉田詞源、沈伯時樂府指迷，斯爲尤著者也。餘多附見詩話或隨筆雜著，如胡元任苕溪漁隱叢話及魏慶之詩人玉屑二書，蓋爲詩話之總集；吳虎臣能改齋漫錄及周公謹浩然齋雅談，則係雜論考證之文，或評詩論文之書；率於卷末別錄論詞、話詞之作。是宋代詞話之書不多，然詞話之體，實已具其規模。元、明以降，因陳增益，佳作日夥；有淸一代，名著如林，承流益大，蓋駸駸乎欲抗行詩話，專美藝林矣。

詞話之書，蓋以隨筆之體論詞、話詞，凡有關乎詞者，可以品評作者、論述旨趣、究析格法、辨正訛誤、考正異文，於詞林之軼聞瑣事，亦任意采獲，就體製言，固自成一格者也。故玆篇之所敍錄，一以體製爲準；嚴其去取，非其類者，悉不采錄。至去取之準則，詳著凡例，玆不贅言。

自宋迄淸，歷代詞話之作，不下百種，然散佚湮沒者不少，滋可惜耳！以今存者觀之，其間有獨創新說，自成一家之言者；有承襲前人之餘緒，於後世有所啓廸者；大抵皆可觀可取。至其論評之精審，影響之深鉅，有功於詞學，誠非淺鮮；自宜裒集整理，明其概略，以爲研考詞學之助焉。淸四庫提要所收詞話，僅得十部，阮芸臺四庫未收書目提要亦僅得一部，非惟采輯未備，且敍錄各書，或繁或簡，評述亦未盡允當。民國二十四年，江甯唐圭璋氏輯詞話叢編，收宋、元以來詞話凡六十種，歷代論詞之書略備，然遺漏者亦復不少，如清徐虹亭詞苑叢談、況夔笙蕙風詞話等，皆詞話之名著，而未及采錄，誠屬憾事！爰廣爲蒐采，除唐氏所輯者外，復得十七部，撰爲歷代詞話敍錄，一一敍其梗概，究其宗旨歸趨，以明詞學之淵源流衍。自宋、元、明、清以迄民國，共分五編，所收詞話，計宋代九部、十六卷；元代二部、二卷；明代四部、十二卷；清代五十二部、一百九十八卷；民國十部、二十八卷；都七十七部、二百五十六卷。雖珊網之投，儘多掛漏，然觀摩所資，大抵已略備於此矣！

中華民國五十二年四月二十八日湘鄉王熙元序於臺灣省立師範大學國文研究所

凡例

一、詞話者，蓋以隨筆之體，論詞、話詞者也。其間或探討詞學之源流正變，或研究詞中之音韻體製、或品評詞家之優劣得失，或記載詞林之佚聞瑣事，或分析詞中之句法作法，或辨正前人傳鈔、傳聞之訛誤，凡此諸類，體製燦然。是編所收詞話，悉以此爲準繩，若詞律、詞譜、詞韻諸書，概不列入。

二、其有前人詩話中雜有論詞之語，非別自錄出者，皆所不取。如宋陳師道後山詩話、金王若虛滹南詩話等，其中皆有論及詞者，然與論詩之文參雜不分，故不采錄。

三、其有前人所作詩詞話，詩詞雜陳，非專論詞者、亦所不取。如俞倬詩詞餘話、徐涵芙蓉港詩詞話之類是也。又專家詞集卷首有附時賢詞話者，如珂雪詞話；亦有詞後裒集前人評語者，如忍寒居士蘇門四學士詞校注之類；亦均不錄入。

四、其有品詞而非出以隨筆之體者，亦所不取。如吳江郭麐有詞品十二則，金匱楊伯夔有續詞品十二則，蓋倣司空圖詩品之例，每則均以四字十二句有韻之語，描述詞中之品格，又以二字概括其義；順德江順詒輯詞學集成，以之列入卷八，題曰詞品，又倣隨園補詩品之意，亦補詞品二十則。是皆無當於詞話之體，除於敍錄詞學集成時略明其梗概外，不別爲敍錄。

五、其有以詩詞之體詠評各家詞者，亦所不取。如近人潘蘭史有論嶺南詞絕句、論粵東詞絕句，蓋倣元好問論詩絕句而論詞；又盧前有飲虹簃論清詞百家，以望江南調論評清人李雯、吳偉業等凡百家詞（附見陳乃乾輯清名家詞第十冊）；皆非以隨筆之體論詞、話詞者，故亦不采。

六、其有選輯詞家作品，鈔錄前人詞話繫於詞後者，亦所不取。如明卓人月詞統一書，選隋、唐迄明人詞，詞後間附詞話；又如清張宗橚詞林紀事一書，輯唐、宋迄金、元人詞，各詞附以作者小傳，凡前人因詞紀事之文，品評考訂之語，亦錄而繫之，間附己之案語。前者蓋詞選之屬，以作品爲主；後者雖以事爲主，然體例仍近詞選，皆非以隨筆之體論詞、話詞者，故不列入。

七、其有見於各家書目著錄、或他書稱引之詞話，而書已散佚，今世無傳本者；或文獻不足，一時無從蒐求者；悉於附錄敍之，以著其梗概，而爲他日蒐求之資焉。

八、是編所收詞話，以宋、元、明、清人詞話爲主，民國人詞話附焉。然民國以後人所著論詞之書，但取其出於隨筆之體者，否則不取，如夏承燾作詞法入門，俞平伯讀詞偶得等是也。

九、民國以後，其有散見各報章雜誌之論詞專著，雖出以隨筆之體，而未經刊印單行本問世者，亦暫不敍錄，如鄭文焯有大鶴山人詞話，陳銳有詞比，夏敬觀有忍古樓詞話，均載詞學季刊，以其未經刊行，故未采入。

十、是編所收詞話，有純出己說者，如宋王灼碧雞漫志是也。有彙輯他說成書者，如清王又華古今詞論是也。有附於隨筆雜著或詩話者，如宋吳曾能改齋漫錄卷十六、十七附詞話；元吳師道吳禮部詩話卷末附詞話八則是也。有附於全集者，如清毛奇齡西河詞話，附於西河全集。有附於詞選者，如清馮煦蒿庵論詞，附於宋六十一家詞選。有出自弟子之彙輯編訂者，如清譚獻復堂詞話，爲其弟子徐珂彙輯編訂而成。有出自後人之譌託者，如舊題宋張炎樂府指迷一書，蓋明人陳繼儒改竄譌託而成。

十一、是編共分五編。第一編敍錄宋人詞話，第二編敍錄元人詞話，第三編敍錄明人詞話，第四編敍錄清人詞話，第五編附敍民國人詞話，題爲現代詞話敍錄。

十二、各編首依體製分類，如附於詩文評或隨筆雜著者，或博采各家之說薈萃成書者，均別爲一類。清以後詞話之作寖多，內容各有專主，故復據其內容性質，細別子目，以便檢核，如專論詞之法則者，或專輯詞家故實者，均別爲一類。其有二者皆有所當，則依其所重而分之，如清李漁窺詞管見一書，專論詞之法則，又附於笠翁全集，以其內容爲重，故列入專論詞之法則一類。其有內容無所專主者，如清劉體仁七頌堂詞繹等，則題曰泛論詞中旨趣者，亦別爲一類。

十三、各類中又以時之先後爲序，蓋依書成之年月爲準。書成於前，雖作者晚卒，亦列之於前；書成於後，而作者生卒之年稍前，亦列之於後。其有書成之年月無可考者，則略依作者生存時代之先後爲序。

十四、作者生存之時代，若跨處兩代者，則以其思想之歸趨及學問事業之成就爲隸屬之準。如張炎、周密均爲宋末遺民，入元不仕，故列爲宋人。況周頤爲前清舉人，民國後未仕，故列爲清人。王國維雖亦前清諸生，然民國後嘗主講清華大學，故列入民國。

十五、敍錄各詞話之重點，大抵首敍其撰者之生平略歷，次明其體製及內容大要，次述其版本。若體製特殊者，爲便於敍錄計，或先明其體製，後敍撰者之生平。

十六、於敍錄其內容時，凡是書撰著之原由，成書之年月，論評之旨趣，見解之優劣，體製之得失，流傳之眞贋，文理之純駁，紀載之正誤及後人於是書之評隲，皆提要敍錄或約略考辨之，以見其全書之概要，而爲披覽是書者之一助焉。

目錄

第四編　清代詞話敍錄

(2)

(三)鈔撮羣籍或略參己說而彙編成書者……一〇四

(四)附於詩話、詩文評或隨筆雜著者……一一五

(五)附於全集、詞集或詞選者……一二三

歷代詞話敍錄

王熙元撰

第一編　宋代詞話敍錄

（一）別自成卷而爲詞話專書者

碧雞漫志　五卷

王　灼撰

灼字晦叔，一字頤堂，南宋遂寧小溪人。紹興中，嘗爲幕官。有糖霜譜及是書傳世，四庫全書並著錄。又有頤堂詞一卷，清末朱孝臧輯入彊村叢書。

是編凡五卷。卷首十二則爲總論，論述古初至唐、宋聲歌遞變之由。卷二凡二十二則，於北宋詞家，多所評隲，亦有記述詞壇掌故之文。卷三至卷末列霓裳羽衣曲、涼州、伊州、甘州、胡渭州、六么、蘭陵王、虞美人、安公子、水調歌、萬歲樂、夜半樂、何滿子、淩波神、荔枝香、阿濫堆、念奴嬌、雨淋鈴、清平樂、春光好、菩薩蠻、望江南、文溆子、鹽角兒、喝馱子、後庭花、西河長命女、楊柳枝、麥秀兩岐，凡二十九調，一一溯其得名之所自，及其漸變宋詞之沿革。但據其傳授分明者，至晚出雜曲，則未遑悉舉。然其間正變之迹，猶賴以存其梗概，實考古者之所必資也。

至其所論得失，四庫提要言之頗詳。如辨霓裳羽衣曲爲河西節度使楊敬述所獻，復經唐明皇爲之潤色者，引白居易、鄭嵎詩註爲證，提要謂其「一掃月宮妖妄之說。」至鹽角兒一調，旣據嘉祐雜志謂出於梅堯臣，則不當列爲古曲，且鹽乃曲名，如容齋續筆記薛道衡以「空梁落燕泥」之句爲隋煬帝所嫉，考其詩名昔昔鹽，凡十韻。又元怪錄載籧篨三娘工唱阿鵲鹽，又有突厥鹽、白鴿鹽、黃帝鹽等等，是歌詩謂之鹽者，如吟、行、曲、引之類，乃曲調之名，凡此皆可互證。灼引梅說謂市鹽得於紙角，實屬附會，故提要謂其說不近事理；而灼於此處不能辨之，故提要惜之曰：「是則泛濫及之，不免千慮之一失矣！」

卷二評隲詞家，於王荊公、晏元獻公、歐陽文忠公並多稱揚；於李元膺、謝無逸則略有微辭。至其中心論旨，厥唯尊崇東坡，貶抑耆卿。於東坡每尊之曰先生，於耆卿則直書柳永。其崇東坡之言曰：「東坡先生以文章餘事作詩，溢而作詞曲，高處出神入天，平處尙臨鏡笑春，不顧儕輩。或曰長短句中詩也，爲此論者，乃是遭柳永野狐涎之毒。」又曰：「東坡先生非心醉於音律者，偶而作歌，指出向上一路，新天下耳目，弄筆墨者始知自振。今少年妄謂東坡移詩律作長短句，十之八九，不學柳耆卿，則學曹元寵，雖可笑，亦毋用笑也。」至詆柳之言曰：「惟是淺近卑俗，自成一體，不知書者尤好之。予嘗以比都下富兒，雖脫村野，而聲態可憎。」又載李易安晚年改適事，是見於詞話之最早者，後人多爲之辨。

以著成是書時，適客居成都之碧雞坊，因名曰「碧雞漫志」。

是編爲詞話之最早成書者，據卷前自序所署己巳年推之，書成之年在高宗紹興十九年。書中所述樂調源流，雖間有可議之處，然大抵可據。於詞評亦多有見地，故是編之價值，不僅開詞話一體之先河而已也。

又是編卷數，各家著錄頗不一致。文淵閣書目、四庫總目提要、續文獻通考、八千卷樓書目著錄並作一卷；知不足齋叢書本作五卷；述古堂藏書目著錄作六卷。一卷本較之五卷本，殆闕其第二卷而以其餘四卷合爲一卷，故四庫提要於詞評無述。至六卷本乃手鈔本，當是分合之異。

書中所述調名緣起，凡列二十九調，四庫提要唯舉二十八，蓋闕風光好一調也；排列順序亦與五卷本不同。又提要謂前七條爲總論云云，今五卷本卷首有十二條總論樂曲遞變者，是五卷本較一卷本又多出五條。

據知不足齋本卷後題記，淸康熙八年己酉，錢遵王嘗假毛氏汲古閣本校定譌闕；乾隆四十六年己亥，吳門陸紹曾又據鍾人傑唐宋叢書本重校。

考是編版本，一卷本有明毛氏汲古閣本、唐宋叢書本（載籍類所收）、說郛本（宛委山堂本說郛一百二十卷卷十九所收，商務印書館本一百卷卷十八所收）、淸四庫全書本（集部詞曲類所收）、學海類編本（集餘三文辭類所收）、古今說部叢書本（七集所收）、說庫本、民國中國文學參考資料小叢書本（第一輯所收）等；五卷本則有明天一閣鈔本（有近人沈曾植手跋，今中央圖書館藏有一部）、淸知不足齋叢書本（第六集所收）、增補曲苑本（金集所收）、民國詞話叢編本（覆知不足齋本）等。

詞源　二卷

張　炎撰

炎字叔夏，號玉田，又號樂笑翁，宋南渡名將循王張俊六世孫（據清人江藩所考定者）。俊本成紀（今甘肅天水）人，南渡後，家於臨安，故炎每自稱西秦玉田生。生於宋理宗淳祐八年戊申，約卒於元仁宗延祐六、七年間，年七十餘。宋亡，潛跡不仕，縱遊浙東西，自放於山水間，落拓以終。工長短句，鄧牧心伯牙琴謂其以春水詞得名，人稱張春水；孔行素至正直記謂其以孤雁詞得名，人稱張孤雁。與同時詞家王沂孫、周密諸人往返唱酬，卓然爲宋末一大家。所爲詞多身世盛衰之感、蒼涼激楚之音，有山中白雲詞八卷。

是編分上下二卷。上卷自「五音相生」至「謳曲指要」凡十四目，詳考律呂，釐析精允，皆探本窮微之論。下卷凡十五目，曰音譜、拍眼、製曲、句法、字面、虛字、淸空、意趣、用事、詠物、節序、賦情、離情、令曲、雜論、論作詞之要法，頗爲精湛。炎於聲律深得神解，故所論類足爲詞家之圭臬，並足以考見宋代樂府之制。

其論詞以淸空不質實爲主，又以騷雅爲高。尤以淸空一說，最爲後世詞家所祖述。謂「詞要淸空，不要質實。淸空則古雅峭拔，質實則凝澀晦昧。姜白石詞如野雲孤飛，去留無跡。吳夢窗詞如七寶樓臺，眩人眼目，碎拆下來，不成片段。」此其精要之論。雜論一目，品評詞家，合前數目間及品評者觀之，蓋於少游、竹屋、白石、梅谿諸家甚爲推許；唯於時俗之專尊周邦彥則頗爲不滿，謂其詞意趣不甚高遠，若少游、竹屋、白石諸人之長，亦應兼取，頗具見識。

> 炎自稱得聲律之學於楊守齋、徐南溪諸公，故卷末附楊守齋作詞五要。第一要擇腔、第二要擇律、第三要塡詞按譜、第四要隨律押韻、第五要立新意。此五說皆要言不煩，足資法守。

> 明以後，世傳炎有樂府指迷一書，蓋明人以是編下卷與元陸輔之詞旨改竄湊合而成，至淸時雲間姚氏，又易名爲沈伯時，遂與沈氏之書淆然不可分矣！承訛襲謬，愈傳而愈失其眞。此中詳情，後文別有敍論。

是編以淸道光間秦恩復據戈載所校本勘訂重刻者最善，咸豐間，南海伍崇曜乃據之刋入粤雅堂叢書。末附宋人錢良祐、陸文圭及淸人江藩、秦恩復、伍崇曜跋。伍氏跋語於是編沿革言之頗詳，茲引述之，以見其梗概焉：「是編爲秦濬生太史所刻，跋稱元、明收藏家均未著錄，從元人舊鈔謄寫云。又絕妙好詞牋附錄厲樊榭跋有引張玉田樂府指迷語，則樊榭與查蓮坡所見，均非完本也。然錢遵王讀書敏求記實已著錄，稱上卷詳考律呂，下卷泛論樂章。凌廷堪燕樂考原亦曾引是書，顧樊榭與蓮坡俱未得見耶？惟彭甘亭小謨觴館集徵刻宋人詞學四書啓，紀其原委最詳，稱究律呂之微，窮分寸之要，大晟樂府遺規可稽，則白石道人歌曲、晦叔碧雞漫志而外，惟詞源一書，爲之總統。」

以是編所論皆探本窮源之說，故曰「詞源」。

考是編版本，有淸詞學叢書本（秦恩復編，有嘉慶十五年初刻本及道光八年據戈載所校重刻本）、宛委別藏本、守山閣叢書本（集部所收）、粤雅堂叢書本（二編第十三集所收）、榆園叢刻本、范白舫所刊書本（有清范鍇附記一卷）、民國北京大學排印本、詞話叢編本（蔡松筠校本，附錄楊守齋作詞五要）、四部備要縮印本（集部詩文評類所收）、詞學小叢書本（羅芳洲編，詞學研究第一輯所收，收其下卷）。

（二）附於詩文評或隨筆雜著者

能改齋漫錄　二卷

吳　曾撰

曾字虎臣，崇仁人。早歲從汪彥章、徐師川輩論文說詩。高宗朝獻所著君臣論、毛詩辨疑、新唐書糾繆等書得官。累遷工部郎中，出知嚴州，致仕卒，年七十有三。著述除是編及獻諸朝者外，據古今圖書集成引崇仁縣志所載，尙有得閑文集、南北事類等近五百卷。

案曾所著能改齋漫錄一書，都十八卷，一作二十卷，皆雜錄考證之文，分事始、辨誤、事實、沿襲、地理、議論、記詩、謹正、記事、記文、方物、樂府、神仙鬼怪，共十三類。四庫提要謂曾記誦淵博，故其書援據賅洽、辨析精核，堪與洪邁容齋隨筆相埒，是以其說多爲考證家所取資。卷十六、十七論樂府，近人唐圭璋氏析此論及樂府之二卷，輯入詞話叢編，並仍其舊名，今從之。

原書卷十六雜錄論詞之文凡三十四則，卷十七亦三十四則，都六十八則。每則均係以標目，如「黃魯直詞謂之著腔詩」、「聶冠卿多麗新詞」、「賜名魚游春水」等。所錄多紀五代、北宋詞家之佚聞逸事，間亦有涉及考證者，大多博洽精審，爲他書所不見。然亦偶有疏於考辨者，如「花蕊夫人詞」一則，紀蜀亡花蕊夫人爲宋師解送入京，途中作「初離蜀道心將碎」一詞以自解；案此詞乃采桑子，後半闋「三千宮女皆花貌」云云，蓋後人所續，見太平淸話；明楊愼詞品卷二嘗爲之辨，謂「花蕊見宋祖，猶作『更無一個是男兒』之詩，焉有隨昶行而書此敗節之語乎？續之者不惟虛空架橋，而詞之鄙亦狗尾續貂矣！」此說似爲可信，後世詞話家亦多沿之。吳氏於此，乃不爲考辨，蓋吳氏宋人，紀前朝亡國之妃，自不免有所諱避，觀文中稱孟昶爲「僞蜀主孟昶」，稱宋師曰「王師」可知矣！

原書有明說郛本（商務印書館百卷本卷三十五所收）、淸四庫全書本（子部雜家類所收）、武英殿聚珍版本（子部所收）、墨海金壺本（子部所收）、守山閣叢書本（子部所收）、民國筆記小說大觀本（第七輯所收）、叢書集成初編本（總類所收）等，詞話部份並附見原書，惟詞話叢編本（覆守山閣本）爲析其論詞之二卷，別錄成書。

浩然齋雅談　一卷

周　密撰

密字公謹，號草窗、先世濟南人（案古今圖書集成引浙江通志謂密錢塘人，蓋晚年客居錢塘也）。後流寓吳興，居弁山，自號弁陽嘯翁，又號蕭齋。淳祐中，官義烏令，宋亡不仕，自號泗水潛夫，寓杭州，與王沂孫、張炎、仇遠諸人相唱和。工詩，詞尤緜麗精巧，善於詠物，風格頗近夢窗，故世稱二窗；晚年身歷亡國之痛，故所作多沉咽淒楚之音，又與玉田爲近。所著詞集名蘋洲漁笛譜，又有草窗詞，然二書詞多互見，且前後倒置，清末張德瀛以爲漁笛譜乃公謹所手定，草窗詞則後人采集而成（見詞徵），其說近是。著有癸辛雜識、齊東野語、武林舊事、雲煙過眼錄等書，皆雜談掌故之作。又選輯南渡以後諸名家歌詞之菁華爲絕妙好詞，清查蓮坡、厲太鴻嘗爲作箋。宋理宗紹定五年生，元武宗至大元年卒，年七十七。新元史有傳，列於文苑。

案密浩然齋雅談一書，始見於黃虞稷千頃堂書目著錄，亦散見明永樂大典中，四庫提要所采，卽自永樂大典中搜輯排纂而成。凡分三卷，以考證經史、評論文章者爲上卷，以詩話爲中卷，詞話爲下卷。唐圭璋采其下卷輯入詞話叢編，並仍題舊名，今從之。

下卷所紀詞林故實凡二十六則，蓋密乃南宋遺老，多識舊人舊事，故所錄斷章佚篇，什九皆他書所不載。清朱竹垞編詞綜，博采羣書，號稱繁富，而是書所載，未見引據，則希覯可知矣！四庫提要評曰：「是書頗具鑒裁，而沈晦有年，隱而復出，足以新藝苑之耳目，是固宜極廣其傳者矣！」此蓋就全書而論，至詞話部分，亦大抵如是，第篇幅不多耳。

全書有明永樂大典本、清四庫全書本（集部詩文評類所收）、武英殿聚珍版本（集部所收）、懺花庵叢書本（光緒間宋澤元刻）、民國叢書集成初編本（文學類所收）等，詞話部份並附原書，惟詞話叢編本（覆聚珍版本）別錄其下卷而成。

（三） 於詩話總集中別錄詞話者

苕溪漁隱詞話　二卷

胡　仔編撰

案是編爲附於胡氏所著苕溪漁隱叢話者。苕溪漁隱叢話爲一詩話總集，分前後二集，前集六十卷，後集四十卷；四庫提要謂書成於高宗時，故所采北宋詩話略備。前集卷五十九、後集卷三十九附論長短句，近人唐圭璋氏輯詞話叢編，乃自叢話錄出此二卷，題曰「苕溪漁隱詞話」，今從之。

仔字元任，績溪人，一曰浙東永康人（案：四庫提要作績溪人，莫伯驥五十萬卷樓藏書目錄初編考證，謂仔原籍永康）。舜陟之子，以蔭受廸功郎，官至奉議郎，知常州晉陵縣。後卜居湖州，自號苕溪漁隱，蓋張志和浮家泛宅之意也。前集卷五十五有云：「余卜居苕溪，日以漁釣自適，因自稱苕溪漁隱；臨流有屋數椽，亦以此命名」。所著除苕溪漁隱叢話外，尙有孔子編年五卷（案：此書舊本題宋胡舜陟撰，據四庫提要所考，謂書首有紹興八年舜陟序，乃自靜江罷歸之日，命其子仔所撰，非舜陟自著者，今從之。）

是編附於叢話前集卷五十九者凡十九則，附於後集卷三十九者凡二十九則，都四十八則。所錄多屬詞壇之瑣聞軼事、詞家之名章雋句，間有辨證之語。其採摭舊聞，凡引自他書者，皆揭其書名於首，如「漫叟詩話云」、「西淸詩話云」等；其有出自己說者，則書「苕溪漁隱曰」，以資區別，體例甚爲明晰。採自他書者凡二十六則，出自己說者二十二則；所採最多者爲復齋漫錄，凡六則；次爲後山詩話三則；南唐書、夷堅志、漫叟詩話、西清詩話、雪浪齋日記及東坡之說各二則；藝苑雌黃、古今詞話、夷白堂小集、侍兒小名錄、上序錄各一則。

所錄詞家之軼聞名章，凡有誤傳之處，皆辨正之。如據南唐書辨元宗李璟浣溪沙「菡萏香銷」及「手捲珠簾」二闋非後主作，以正古今詞話之非。又引雪浪齋日記荊公與山谷問答語。荊公問：「後主詞何處最好？」山谷以「一江春水向東流」爲對。荊公云：「未若細雨夢回雞塞遠，小樓吹徹玉笙寒。」一案細雨夢回云云乃中主李璟浣溪沙句，非後主詞，仔前文已辨，故此處未加案語。近人佘雪曼氏謂荊公問江南詞何處最好，雪浪齋日記誤作後主，此說或是；然宋人多以中主詞誤作後主詞，自尊前集與花庵詞選始，後人多沿其誤，王荊公與雪浪齋日記當亦不免；至陳振孫書錄解題，始以浣溪沙二闋爲中主作。蓋元宗嘗手寫此二詞賜樂部王感化，後主卽位，感化以此二詞獻之，後主閱罷欣然，乃手書之，墨跡存盱江晁氏，後人不知，遂誤以爲後主作也（說見陸游南唐書）。

其有前人互異之說而一時未能考定者，則錄以存疑，態度可謂謹嚴矣！如謁金門詞「風乍起，吹皺一池春水」一闋，古今詩話以爲江南成幼文作，本事曲謂趙公所撰，而南唐書則以爲馮正中詞，乃辨之曰：「若本事曲所記，但云趙公，初無其名，所傳必誤。惟南唐書與古今詩話二說不同，未詳孰是？」一書中凡辨析異說之處，其疑而未決者，類皆如是。

考是編版本，有宋刊本、呂旡咎寫本、淸康熙間趙氏耘經樓刻本（據宋本重刊）、四庫全書本（集部詩文評類所收）、海山仙館叢書本、民國四部備要本（集部詩文評類所收，中華書局仿宋版）、叢書集成初編本（文學類所收，商務印書館據海山仙館本排印）、詞話叢編本（覆海山仙館本）、詩話叢編本（世界書局中國學術名著詩話叢編第一集所收）等，除詞話叢編本爲輯錄其詞話部份外，餘均附見苕溪漁隱叢話。

魏慶之詞話　一卷

魏 慶 之編撰

案是編乃附於慶之所著詩人玉屑者。詩人玉屑一書乃博采各家之說而成之詩話總集，亦苕溪漁隱叢話之儔也。全書二十卷，卷二十品評禪林、方外、閨秀、靈異之詩，末附論詩餘凡十五則，近人唐圭璋氏輯詞話叢編，別錄此論詞之十五則，題曰「魏慶之詞話」，今從之。

又案詩人玉屑一書，傳本俱作二十卷，惟日本寬永十六年刻本經王國維氏於辛亥年以宋本校過者，則獨有二十一卷。今佩文書社印行此二十一卷本，末附校勘記，校勘記前言謂「日本寬永刻本從高麗本出（聞傳增湘氏曾藏有高麗刋本，或爲寬永刻之祖本）。」今以二十卷本與二十一卷本較之，蓋二十卷本卷二十分禪林、方外、閨秀、靈異、詩餘五門；二十一卷本則以禪林、方外、閨秀三門列入卷二十，靈異、詩餘二門列爲卷二十一，另多出中興詞話一門爲二十卷本所無。其他異同之處尚多，俱見校勘記，除詩餘一門於後文詳爲辨析外，餘並不贅。

慶之字醇甫，號菊莊，生平始末不詳，惟詩人玉屑卷首有淳祐甲辰黃昇叔暘序云：「君名慶之，字醇甫。有才而不屑科第，惟種菊千叢，日與騷人佚士觴詠其間。」蓋宋末負才自高一派詩人也。

附於二十卷本卷二十詩餘門者凡十五則、十四目，二十一卷本凡二十五則、二十二目，較二十卷本多出十則、八目。其間有一目之下分列二則或三則者，故則數與目數異。二十一卷本所分目依次爲：晁無咎評、李易安評、太白、六一、東坡、東坡卜算子、東坡蝶戀花、山谷鬉栝醉翁亭記、荆公山谷、聶冠卿、宇文元質、賀方回、秦少游、林和靖、晏叔原、晁無咎朱希眞、柳耆卿、王逐客、李景舒信道、章質夫、舊詞、僧惠洪。二十卷本闕其李易安評、聶冠卿、宇文元質、晏叔原、晁無咎朱希眞、柳耆卿、王逐客、僧惠洪八目。

卷中凡采錄徵引他書者，例於文末註其書名，以見出處；然間有未注者，或於文首已著書名，故不復注焉；或係引自他說而漏注者；或爲出自己說者。就二十一卷本所錄二十五則計之，未注出處者四則，餘二十一則，計采自冷齋夜話者四則；苕溪漁隱叢話三則；復齋漫錄、藝苑雌黃、漫叟詩話各二則；古今詩話、風雅遺音、雪浪齋日記、樹萱錄、雲溪友議、詩眼各一則。惟東坡卜算子及東坡蝶戀花二則之末註曰「詞話」，案今傳宋人論詞之作，未嘗有以詞話二字名書者，清康熙間敕編歷代詩餘，卷一百十七徵引舊說一則，註曰「中興詞話」，寬永本詩人玉屑卷二十一所附中興詞話一目，乃黃叔暘中興詞話補遺，非其全本，中興詞話一書當卽黃氏所作，其書今佚；是編所采東坡卜算子及東坡蝶戀花二則，疑卽采自中興詞話而簡註曰「詞話」者。猶卷中采自漫叟詩話二則，其一註漫叟詩話，其一但註「漫叟」二字；又采自苕溪漁隱叢話者，但註「漁隱」二字之例也。又引錄他書之文，每多增删，致與原文不盡相同者，往往而有。

四庫提要評慶之詩人玉屑一書：「採摭既繁，菁華斯寓」。「披沙簡金，往往見寶。」至詩餘一目，雖篇帙不多，所採亦大抵可取。惟提要謂書成於度宗時，甚有可疑；蓋書前黃叔暘序作於淳祐甲辰，今推甲辰爲理宗淳祐四年，下距度宗朝達二十年，黃氏安有二十年前預爲作序之理乎？故提要之說殊誤，書當成於理宗淳祐間。

詩人玉屑一書，有宋刻本、元刻本、明嘉靖六年刻本、嘉靖十七年武林謝氏刻本（據元本重刊）、萬曆三十一年刋胡文煥輯格致叢書本、日本寬永十六年田原仁刻本、淸四庫全書本（集部詩文評類所收）、道光間古松堂刻本（據宋本重刊）、民國掃葉山房石印本、中國文學參考資料小叢書本（第二輯所收）、世界書局印行本（中國文學名著第三集所收）、佩文書社排印本（據古松堂本及寬永本校刋，附校勘記）等。寬永本、世界書局及佩文書社排印本凡二十一卷，最爲完整，餘並爲二十卷。至宋刻本及元刻本均極希覯，今國立中央圖書館各有一部。詞話叢編本蓋據明刋本別錄其論詞之說者。

（四） 附於詞選者

樂府指迷　一卷

沈　義　父撰

義父字伯時，吳江震澤人。四庫提要據是書卷首自題：「壬寅秋，始識靜翁於澤濱，癸卯，識夢窗，暇日相與酬唱」數語，以壬寅、癸卯爲淳祐二年、三年，知爲理宗時人。翁大年跋謂沈氏嘉熙元年以賦領鄉，薦爲南康軍；致仕歸，嘗建義塾，立明教堂講學，學者稱時齋先生；著有時齋集、遺世頌、樂府指迷，今唯樂府指迷傳世，前二書並已失傳。又陳去病後序謂沈氏篤學好古，其學以程、朱爲歸。是伯時乃一洵洵儒者也。惟宋代塡詞之學，風靡一時，雖雄豪俊傑，亦類以詞著稱，故伯時雖爲儒者，亦以詞學名家，觀是編所論，可以信矣！

是書名曰「樂府指迷」，蓋應子姪輩之求，爲之講論作詞之法，以指點其迷津者也。凡二十八則，寥寥不能成帙，附刻陳耀文花草粹編卷首，故初無單行之本，其後四庫全書本、百尺樓叢書本、四印齋所刻詞本，皆從此出，然誤字互見，無一善本。近人唐圭璋氏輯詞話叢編，乃以金繩武活字本花草粹編爲主，而以他本彙校，末附四庫全書提要、翁大年校本舊跋、陳去病百尺樓叢書本後序及半塘老人王鵬運四印齋所刻詞跋，校正精審，堪稱完善。

是書論詞宗旨，端在崇奉周淸眞，謂淸眞最爲知音，且無一點市井氣，下字運意，皆有法度。遂暢論作詞起結、字面、鍊句、用事、命意、協律諸事、亦所以示人以法度也。至全書所論得失，四庫提要評之頗詳，茲引錄於後：「其論詞以周邦彥爲宗，持論多爲中理。惟謂兩人名不可對使，如庾信愁多、江淹恨極之類，頗失之拘。又謂說桃須用紅雨、劉郎等字，說柳須用章臺、灞岸等字，說書須用銀鉤等字，說淚須用玉筯等字，說髮須用綠雲等字，說簟須用湘竹等字，不可直說破其意，欲避鄙俗，而不知轉成塗飾，亦非確論。至所謂去聲最要緊，及平聲字可用入聲字替，上聲字不可用去聲字替一條，則剖析微芒，最爲精核，萬樹詞律實祖其說。」所評堪稱允當。

有明萬曆刊花草粹編本、清乾隆二十七年姚氏刊硯北偶鈔本、四庫全書所據翁大年校本（據文瀾閣全書傳寫）、指海本（第十集所收）、評花仙館本、百尺樓叢書本（用翁校本）、四印齋所刻詞本、金繩武活字花草粹編校本、民國詞話叢編本（據金氏花草粹編本及他本彙校）、民國二十五年開明書店景印本（據四印齋本景印）、詞學小叢書本（詞學研究第二輯所收）等。

（五）書已散佚今惟存補遺附載他書者

中興詞話補遺　一卷

黃　昇撰

案是編宋史藝文志及宋、元、明、清以來各家書目並未見著錄，卷數亦不詳，今惟見清康熙四十六年敕編之御選歷代詩餘卷一百十七徵引詞話一則，文末註曰「中興詞話」，紀南宋淳熙間高宗御舟過斷橋，見酒肆屏風上有風入松詞一闋，稱賞良久，末二句曰：「重攜殘酒，來尋陌上花鈿。」高宗以爲「重攜殘酒」句未免寒酸，因改爲「重扶殘醉」云云。又徐虹亭詞苑叢談卷六亦引此則，惟文中「宣問何人所作？乃太學生于國寶也。」于國寶，歷代詩餘作兪國寶，當係傳鈔之誤；餘文字悉同，惟文末未註出處。今案詞苑叢談一書成於康熙二十七年，歷代詩餘當係據叢談輯錄而補註其出處者。其後嘉慶間馮治亭輯詞苑萃編亦采此則，註明中興詞話（見萃編卷十三），當係據歷代詩餘鈔錄。今又見日本寬永本詩人玉屑卷二十一附「中興詞話」一目，註云：「並係玉林黃昇叔暘中興詞話補遺」。案黃氏別有中興以來絕妙詞選，亦以「中興」爲名；且黃氏工詞，論詞亦精；又補遺前後均未有案語，若係補他人著作之遺，當有題識，以明原委；故今以中興詞話一書定爲黃氏之作，似無甚可疑，惜其全本不傳，惟存此補遺十餘則耳。康熙時徐虹亭錄其詞話一則，其後，王奕清、沈辰垣諸人奉敕編撰歷代詩餘，猶據以註其出處，似康熙間尚有此書，然至今不見傳本，尤以不見於歷來藏書家書目著錄，殊可怪也！

昇字叔暘，號玉林，又號花菴詞客，閩人。早棄科舉，雅意歌詠，嘗以詩受知游九功，閩帥樓秋房聞其與魏菊莊爲友，以泉石清士目之。有散花菴詞、花菴詞選。花菴詞選凡二種；一曰唐宋諸賢絕妙詞選十卷，一曰中興以來絕妙詞選十卷，間附評語，率皆精核。淳祐甲辰嘗爲魏菊莊詩人玉屑作序，詞選成於淳祐己酉，故知爲理宗時人。

附於詩人玉屑卷末之補遺一卷，共十六則，每則均有標目，以其評述某家者卽以其名爲題，其題曰：張仲宗、葉石林、陸放翁、范石湖、辛稼軒、辛稼軒馬古洲、馬古洲、楊誠齋、盧申之、朱希眞、劉伯寵、龍洲道人、劉招山、戴石屏、游寒岩、游龍溪。其中第六則係錄辛稼軒及馬古洲壽詞佳句，故以二人名爲目。凡十五人，均爲南渡以後之詞家。

今以補遺中評述各家之文觀之，其說雖無甚發明，然所記諸家佚事，及錄存其佳篇俊句，皆不見於他家詞話，或不爲人所寓意而詞特精妙，如葉石林湘靈鼓瑟詞「銀濤無際卷蓬瀛」一闋，黃氏譽爲奇作，而曾端伯雅詞不載；又如楊誠齋殊少長短句，而憶秦娥「新春早」一闋精絕，世鮮有知之者。徵引各家佳製之餘，每綴以評語，於辛稼軒頗致推崇，謂其「天才旣高，如李白之聖於詩，無適而不宜」云。

是書旣未見流傳，補遺一卷，今惟見寬永本及世界書局、佩文書社印行本（據寬永本排印）詩人玉屑卷末所附。

(六) 原書亡佚今本出於後人輯佚而成者

時賢本事曲子集　一卷

楊　繪撰

繪字元素，號無爲子，宋綿竹人。少奇警，仁宗時第進士，歷開封推官，徙興元府，皆有聲。神宗立，召修起居注，知諫院。累官翰林學士，御史中丞，以忤王安石，罷知亳州。哲宗元祐初，以天章閣待制知杭州卒。繪爲吏敏彊，性疏曠，表裏洞達，每事一出於誠，爲時所重。著有集八十卷，宋史有傳。

是編原本久佚，惟不知佚於何時。新會梁啓超先生嘗有所考，有記時賢本事曲子集一文，顧所輯佚文，僅歐陽修近體樂府及蘇軾東坡詞中五事。其後，趙萬里復於苕溪漁隱叢話、敬齋古今黈蒐錄四則，爲梁氏所未見。

原書卷數不詳，觀歐公近體樂府所引京本時賢本事曲子後集，知原本分前後二集。趙萬里以所輯佚文，益以梁氏所得，凡九則，合爲一卷，附於校輯宋金元人詞後，因據以敍錄。

趙輯本所輯詞人本事，計南唐中主、孟蜀後主、林逋、范仲淹、歐陽修各一則，蘇軾四則。記南唐中主云：「南唐李國主嘗責其臣曰：『吹皺一池春水，干卿何事？』蓋趙公所撰謁金門辭，有此一句最警策。其臣即對曰：『未如陛下小樓吹徹玉笙寒。』」此條輯自苕溪漁隱叢話後集卷三十九。案所引謁金門詞，苕溪漁隱叢話別引古今詩話，以爲成幼文作，南唐書卷十一、花菴唐宋諸賢絕妙詞選卷一、草堂詩餘前集下引雪浪齋日記，並以爲馮延嗣作，宋嘉祐間陳世修輯陽春集收之，與本事曲以爲趙公作者不合，未詳孰是？惟宋胡元任嘗言：「若本事曲所記，但云趙公，初無其名，所傳必誤。」然則作於趙公之說，或未可信。

餘所記如林和靖點絳脣草詞一闋，范文正公定風波詞，歐陽文忠公詠十二月詞，調寄漁家傲，東坡居士遊南山而作滿庭芳詞等，皆鮮爲他書所載，則是編頗具存佚之功，蓋可知也。惟歐公漁家傲十二首，本集亦未嘗載，故楊氏嘗致其疑曰：「此未知杲公作否？」

趙萬里校輯宋金元人詞，有民國二十年中央研究院史語所排印本，是編附於所輯各家詞後。

古今詞話　一卷

楊　偍撰

古今詞話一書，宋以來公私書目罕見著錄，卷數亦不詳。（清錢曾也是園書目載古今詞話十卷，未知卽此書否？）其名初見於宋胡元任苕溪漁隱叢話後集卷三十九徵引，未著撰人名氏。明陳水南渚山堂詞話序稱：「在昔花菴詞客、古今詞話等，要皆論詞之成書，今全本亡矣！」故知此書明時已亡佚不存。（案：花菴詞客乃宋黃昇之號，陳序以與古今詞話類舉，似嫌不倫，蓋昇有花菴詞選，間附評語，後世引用其文，有著其出處爲花菴詞客者，故陳氏乃有此誤。）

淸康熙間，沈偶僧別輯古今詞話八卷，其凡例稱：「舊有古今詞話一書，撰述名氏，久矣失傳。」是沈氏亦不知撰者爲何人。其自輯古今詞話一書，蓋仍舊名。乾隆時，張詠川撰輯詞林紀事，卷五引古今詞話紀東坡飮酒召妓作賀新涼詞，復引苕溪漁隱語，謂東坡此詞託意高遠，寧爲一妓而發？遂評曰：「野哉楊湜之言，眞可入笑林矣！」豈至張氏始知撰者爲楊湜歟？

湜一作偍，里貫不詳。據明寫本說郛引白獺髓，知偍字景倩。苕溪漁隱叢話既已徵引，而其書成於紹興十八年戊辰，證之草堂詩餘紹興間林外洞仙歌後所注，知其人約與胡元任同時，蓋南宋初人。是書原本久佚，散見各書稱引，近人趙萬里乃廣爲採輯，於歲時廣記、箋注草堂詩餘、花草粹編外，又於天一閣舊藏明寫本綠窗新話內搜得十餘事，都六十七則，輯爲一卷，刻附校輯宋金元人詞卷後。

原書內容、體製，據趙輯本序言云：「其書採輯五季以下詞林逸事，乃唐、宋說部體裁。」又云：「案楊偍此書，乃隸事之作，大都出於傳聞，且側重冶豔故實，與麗情集、雲齋廣錄相類似。」趙輯本體例，蓋仿靑瑣高議、剪燈新話例，凡曲詞則另行低格，紀事則頂格書之，每則均以人名爲標題，並詳注出處，所記詞家有唐莊宗、孟昶、韋莊、徽宗皇帝、潘閬、晏殊、司馬光、王安石、張先、柳永、蘇軾、黃庭堅、秦觀、晁補之等凡三十家。

此一輯本，有校輯宋金元人詞本，民國二十年中央研究院史語所排印。

復雅歌詞　一卷

鮦陽居士撰

宋陳振孫直齋書錄解題云：「復雅歌詞五十卷，題鮦陽居士序，不著姓名；末卷言宮詞音律頗詳，然多有調而無曲。」是陳氏已不詳此書爲何時何人所作，惟見於陳元靚歲時廣記諸書所稱引，鮦陽居士不知何許人？近人趙萬里採輯佚文，成輯本一卷，逕題鮦陽居士作，今從之。

原本卷數頗多，據趙氏所考，明刻重校北西廂記引李邴調笑令，謂出復雅歌詞後集，知其書又分前、後集。觀其書名，似爲歌詞總集之屬，性質當與花菴詞選相近，然由歲時廣記所引，則可見其體例實與本事曲子集、古今詞話等類似，蓋以隨筆記事、話詞之作，疑原本於選詞之餘，亦有因詞及事之文，則與詞話之體無異；而清人徐電發詞苑叢談、張詠川詞林紀事、馮金伯詞苑萃編等俱未引及，蓋隱晦已久也。

趙輯本凡得七目，曰陳汝義，曰蘇軾，曰万俟咏，曰李邴，曰李淸照，曰無名氏，曰論七夕故事。其中蘇軾二則，万俟咏三則，都十則。趙氏輯其事，存其詞，皆鮮爲他書所載者，雖零章碎句，不成完帙，亦足供詞苑之談助，藝林之考索也。

輯本亦附校輯宋金元人詞，有民國二十年國立中央研究院歷史語言研究所排印本。

（七）出於後人叢鈔彙輯而成者

彙輯宋人詞話　十二卷

王闢之等撰

宋人詞話，流傳迄今，其別自成卷，及附於他書者，不過數種而已；然時人筆記及詩話中，尚多論及詞者，以其非詞話專書，且多寥寥數條，不成卷帙，又多詩詞雜陳，不便割取，故江甯唐圭璋輯詞話叢編，一概不錄。其後，新建夏吷庵（敬觀）乃專自宋人筆記、詩話中，彙錄其有關於詞者，輯成一書，題曰彙輯宋人詞話，意在補詞話叢編之不足。

所錄宋人筆記、詩話凡五十種，作者四十四人。其中筆記最多，達四十六種，如蘇軾仇池筆記、陳善捫蝨新話、羅大經鶴林玉露、陸游老學庵筆記、方岳深雪偶談、陳鵠耆舊續聞、沈括夢溪筆談、洪邁容齋隨筆等，皆筆記之名著；而詩話則僅四種而已，即葉夢得石林詩話、西郊野叟（按：據元吳師道敬鄉錄、明胡應麟筆叢即陳巖肖）庚溪詩話、吳氏詩話（按：吷庵未著撰者名氏，今考即宋人吳子良所撰）、吳聿觀林詩話。

其引書之例，除吳氏詩話及愛日齋叢鈔二書未著撰者名氏外，餘皆先著撰人，繼稱書名，然後另行引錄其語；且各條分立，眉目清晰。所錄各書，首引王闢之澠水燕談錄，次錢希白南部新書、龔鼎臣東原錄等，而殿以張邦基之墨莊漫錄、洪邁之夷堅志。觀其間前後相承之次第，既未依時序排列，亦未據類別撮舉。如陸游南宋初人，而引錄在前；沈括北宋仁、哲宗間人，乃稱述於後。其同屬一人之書，或前後相承，如周密齊東野語後，繼引其志雅堂雜鈔是也；或分別引述，如王明清投轄錄居第十一，而揮麈錄則居第四十七。又四部詩話，亦雜廁其間，未嘗類列，故其書大抵雜錄而成。

全書凡引錄與詞有關之語，達三百六十九則之多，釐爲十二卷。其引錄最多者，爲陳元靚歲時廣記，計共一百零五則；最少者如邵伯溫聞見錄、釋文瑩玉壺外史等，僅得一則而已。其在一則中詩詞並舉者，以文義不可斷取，亦全錄之。

夷堅志乃小說家異聞瑣語之屬，齊諧志怪，寓言八九，其中所引樂府詞，多無關於詞話，似不在應錄之列，然要屬南、北宋人所作，託於仙鬼，選家亦所不廢，因錄於後，以供倚聲家資爲談柄云。

至是編所輯諸書，其內容有足堪稱述者，如沈括夢溪筆談云：「古樂府皆有聲有詞，連屬書之，如曰賀賀賀、何何何之類，皆和聲也。唐人乃以詞塡入曲中，不復用和聲。」此言頗足說明詞之起源。又如邵博聞見後錄、孫鑑宗西畬瑣錄皆言東坡赤壁詞「灰飛煙滅」句，乃圓覺經中佛語，經云：「火出木燼，灰飛煙滅。」此亦足明古人用詞出處。

昔賢作詞，善於轉換，常就前輩詩詞脫胎換骨而成，如費袞梁溪漫志指張芸叟詞：「囘首夕陽紅盡處，應是長安。」用白樂天題岳陽樓詩：「春岸綠時連夢澤，夕波紅處近長安。」陳鵠耆舊續聞亦舉東坡「破帽多情却戀頭」句，以爲用杜子美詩：「羞將短髮還吹帽，笑倩旁人爲正冠。」而趙德莊詞：「波底夕陽紅溼。」則用李後主「細雨溼流光」、與花間集「一簾疏雨溼春愁」之溼。

記述詞人軼事者頗多，如王銍默記記李後主被禍、賜牽機藥事頗詳；而張邦基墨莊漫錄記時人藏後主書數軸，中有記金陵城垂破時，倉皇中作一疏，禱於釋氏，願兵退之後，許造佛像若干身，建殿宇若干所，其數皆甚多，字畫潦草，然遒勁可愛。又如周密齊東野語、陳鵠耆舊續聞並載陸放翁沈氏園題壁釵頭鳳詞及當時故實，皆甚詳盡。而耆舊續聞亦載東坡賀新郎詞用榴花事，謂嘗於晁以道家見東坡眞蹟，引晁氏云：「東坡有妾名朝雲、榴花，朝雲死於嶺外，惟榴花獨存，故其詞多及之，觀『浮花浪蕊都盡，伴君幽獨』，可見其意矣！」凡此皆足供參閱。

有記歲時習俗而繫以詞者，如陳元靚歲時廣記據風土記、淮南子，記七夕烏鵲塡河成橋而渡織女事，引東坡及歐陽公詞；據唐六典及提要錄，言七夕乞巧事，則引晏叔原、張子野詞；據明皇雜錄，記唐明皇遊月宮事，引東坡中秋詞，此事亦見於龍城錄、高道傳、鄭愚津陽門詩注等，其說大同小異；又據西京雜記、風土記記九月九日佩茱萸令人長壽之習俗，引郭子正、朱文公九日詞等，凡此皆足資談助。

間有指出詞中地名所在，而確切不誤者，如葉夢得巖下放言據張芸叟南行錄，知張志和漁父詞中西塞山在池州磁湖縣界，卽孫策破黃巾處；按此與西吳記合，當可信也。又張邦基墨莊漫錄言黃州赤壁本赤鼻磯，故東坡赤壁詞云：「人道是」，蓋傳疑之意；因謂岳陽之下，嘉魚之上，有烏林赤壁，引杜甫寄岳州李使君詩云：「烏林芳草遠，赤壁健帆開。」謂此其敗魏軍之地，此說亦確當不移。

是編今有臺北廣文書局鉛印本，民國五十九年初版。

（八）出於後人改竄謬託而成者

樂府指迷 一卷

舊題張　炎撰

案此書明人刻本乃合張玉田詞源下卷及元陸輔之詞旨一書而成。四庫全書總目及八千卷樓書目並著錄，提要已辨知其爲後人改竄謬託而成，其言云：「陳繼儒續秘笈載此書，題曰西秦張玉田。玉田者、炎之別號；西秦者、炎祖張俊之祖貫；實一人也。」又云：「續秘笈所刻，以此書爲上卷，而以陸輔之所續爲下卷。」又云：「考宋沈義父字伯時，有樂府指迷一卷，今載陳耀文花草粹編中，跋但稱沈書而無一字及此書，則此書晚出，跋者未見。龔翔麟刻山中白雲詞，附載此書，較此本多一北軒居士跋，其跋誤以胡震亨唐音癸籤及胡應麟詩藪合爲一書，已極疏舛；又收金粟頭陀製曲十六觀一卷，後有睡菴居士跋。金粟頭陀，元顧阿瑛；睡菴居士，明湯賓尹也。而其文全鈔此書。惟每條之末，增『製曲者當作此觀』一語，語語雷同，竟不一檢，尤可怪矣！」又於陸輔之詞旨提要云：「是編陳繼儒續秘笈中以爲樂府指迷之下卷，此本載曹溶學海類編中，則題曰詞旨，莫詳孰爲本名，孰爲改名？明自萬曆以後，詐僞繁興，所纂叢書，往往改頭換面，不可究詰。曹溶生於明末，故尚沿積習，以侈儲藏之富也。」

又阮元四庫未收書目提要於述及張炎詞源一書時云：「自明陳仲醇改竄炎書刋入續秘笈中，而又襲用沈伯時樂府指迷之名，遂失其眞，微此幾無以辨其非。蓋前明著錄之家，自陶九成說郛廣錄僞書，自後多踵其弊也。」

又嘉慶間秦恩復刻詞學叢書，收張氏詞源，跋謂詞源一書：「元、明收藏家均未著錄，陳眉公秘笈祇載半卷，誤以爲樂府指迷。又以陸輔之詞旨爲樂府指迷之下卷，至本期雲間姚氏，又易名爲沈伯時，承訛襲謬，愈傳而愈失其眞。」

觀以上所引，知此書乃明人陳繼儒（字仲醇，號眉公）以張炎詞源下卷及陸輔之詞旨改竄譌託而成，並襲用沈伯時樂府指迷之名，刋入續秘笈中，非張氏別有樂府指迷一書也。自陳氏而後，世多沿襲其謬，而莫知其本；如明崇禎刋本卓人月詞統所錄樂府指迷，卽題張玉田，而文字頗多刪略。至清雲間姚氏培謙，又易名爲沈伯時，則益混淆莫辨矣！迨乾隆間四庫館開，修撰提要時，網羅舊籍，詳爲考證，始辨明此書乃出於譌託。其後嘉慶間人秦恩復、吳衡照，咸豐間人伍崇曜，光緒間人謝章鋌、陳廷焯、胡元儀、王鵬運等，皆有所辨。

提要謂龔翔麟刻山中白雲詞，附載此書，殆後人所增入云云，蓋臆測之辭。案龔氏康熙間人，疑卽以明人譌託之樂府指迷附刻於山中白雲詞，仍屬承襲明人之謬，而未辨其眞，非後人所增入也。如康、乾間人張宗橚所編詞林紀事，卷末附張炎樂府指迷，卽張氏詞源下卷，又附詞旨及許昂霄詞韻考略。由此知張氏猶襲前人之謬，龔氏與張氏同時而略早，安能免於此謬哉？第張氏所附錄乃割裂前人譌託之樂府指迷爲二，以原張氏詞源下卷爲樂府指迷，而別附錄陸氏詞旨耳。

又提要曰：「其書分詞源、製曲、句法、字面、虛字、清空、意趣、用事、詠物、節序、賦情、離情、令曲、雜論十四篇，而附以楊萬里作詞五要五則。」案張氏詞源下卷原有子目十五，提要據改竄者所列只十四，少音譜、拍眼二目，而以原書書名「詞源」二字列爲子目。蓋張氏詞源下卷卷首有短文一篇，略述詞之源流正變，末云：「今老矣！嗟古音之寥寥，慮雅詞之落落，僭述管見，類列於後，與同志者商略之。」蓋卷前題識之語，改竄者乃以原書書名冠之，降爲子目，又遺其音譜、拍眼二目，遂與原書歧異也。至謂附以楊萬里作詞五要，則屬疏誤之甚。案所附作詞五要乃楊守齋作，非楊萬里作。今考萬里字廷秀，吉水人，徽宗宣和六年生，高宗紹興進士，孝宗時召爲國子監博士，服膺張浚正心誠意之學，因自名其室曰「誠齋」，光宗親書二字賜之，學者稱誠齋先生，寧宗開禧二年卒，諡文節，宋史有傳，列於儒林。守齋名纘，字繼翁，號守齋，又號紫霞翁，度宗淑妃父，官列卿，精研律呂，周草窗、張玉田諸人嘗就以商榷音律，著有紫霞偶筆，蓋南宋末人（見粵雅堂本詞源小註及杜筱舫悶園詞話卷一）。故楊守齋與詩人之楊誠齋名萬里者自別爲一人，蓋以名字略同而傳寫致誤耳。提要不考，誠不慎之至也。案明崇禎刊本卓人月詞統所引亦作楊萬里，提要蓋沿明人之謬。後方仰松香研居詞麈論及作詞五要，亦謬題楊誠齋。惟清初王靜齋輯古今詞論，首錄作詞五要，題楊守齋不誤。

是書有明寶顏堂秘笈本（二卷，下卷爲元陸行直詞旨）、廣百川學海本（壬集所收）、重訂欣賞編本、說郛續編本（卷三十四所收）、清詩觸本（卷五所收）、學海類編本（集餘三，文辭類所收）、范聲山雜著本（有附記一卷）、蒙香室叢書本（附於戈載宋七家詞選）、民國中國文學珍本叢書本（第一輯所收）等。

第二編　元代詞話敍錄

（一）於詩話中別錄詞話者

吳禮部詞話　一卷

吳師道撰

師道字正傳，婺州蘭谿人，元世祖至元二十年生，與許謙同師金履祥，登英宗至治進士第；延祐間，爲國子博士，以禮部郎中致仕，終於家；時順帝至正四年，年六十二。著有易詩書雜說、春秋胡傳附辨、戰國策校註、敬鄉錄、吳禮部詩話等。新元史有傳，列於儒林。

案師道所著吳禮部詩話一卷，卷末別錄論詞八則，唐圭璋氏以之輯入詞話叢編，題曰「吳禮部詞話」。故是編乃唐氏於吳禮部詩話中采輯其卷末所附論詞之說而成，非師道別有詞話之作也。

蓋師道論詩而偶論及詞，僅得八則，遂別附於詩話卷末。雖篇帙寥寥，然所論亦有爲後世詞話家常所述及者，如謂木蘭花慢一詞，柳耆卿清明詞最得音調之正，蓋傾城、盈盈、歡情，於第二字中有韻；又吳彥高中秋詞亦不失此體，餘人皆不能。後之詞話家如清人沈偶僧古今詞話第三卷藏韻一目引周鶯谷言，謂屯田詞得其正；杜筱舫甜園詞話卷一亦謂宋詞暗藏短韻，最易忽略，並指出木蘭花慢前後段第六七句平平二字，精律者所製，必用暗韻云。凡此雖非本自吳氏，然吳氏實先立其說。

又引陳氏書錄，謂歐公小詞一卷，「其間多有與陽春、花間相雜者，亦有鄙褻之語一二廁其中，當是仇人無名子所爲。又謂醉翁琴趣外篇六卷，鄙褻之語，往往而是，遂據前題東坡居士序，以其「詞氣卑陋，不類坡作，」而證其詞之僞。蓋歐集中常雜有柳耆卿等所作俗曲豔語，乃當時落第舉子劉煇等故意竄入，以謗傷主考官歐公人品者，前此王晦叔碧雞漫志雖亦有辨，然僅寥寥數語曰：「歐陽永叔所集歌詞，自作者三之一耳，其間他人數章，羣小因指爲永叔，起曖昧之謗。」至吳氏始詳爲之辨，後之詞話家亦多辨之，遂形成詞壇一公案。

吳禮部詩話有清知不足齋叢書本（第二十二集所收，覆小山堂鈔本）、日本近藤元粹輯螢雪軒叢書本（第七卷所收）、民國歷代詩話續編本（第二冊所收）、續金華叢書本（集部所收，覆知不足齋本）、叢書集成初編本（文學類所收）等，詞話八則，均附卷末，題「詞附」二字；至詞話叢編本（覆知不足齋本）則係自詩話析出論詞之說而別錄成卷者。

（二）筆錄師說以述其論詞之旨者

詞　旨　一卷

陸　輔　之撰

輔之名行直，字季道，號壺天，亦號壺中天，或稱壺天居士，吳江人。嗜古好學，工詩文詞，善書畫。其生以德祐元年乙亥，時南宋將不國矣！故所交若鄭所南、張玉田輩，皆當日遺民節士。大德中，任湖北十學士，遷翰林典籍；皇慶間，致仕歸。著述除是編外，尚有吳中舊事，四庫全書並著錄。

是編乃輔之早年師事張玉田時筆錄師說以述其論詞之旨者，故名曰「詞旨」。所論與玉田詞源同條共貫，其目有九：一曰詞說，凡七則，多本玉田論詞之旨，以述作詞之法則，大抵語近而明，法簡而要。二曰屬對，采時流詞中偶句工鍊者錄之，凡三十八則。三曰樂笑翁奇對，采玉田詞中奇對錄之，凡二十三則。四曰警句，采時流詞中意遠辭雋之散句錄之，凡九十二則。五曰樂笑翁警句，采玉田精警之散句錄之，凡十三則。六曰詞眼，所以示人鍊字之法，凡二十六則。七曰單字集虛三十三字，教人用虛字須擇近雅者。八曰兩字集虛，九曰三字集虛，則但存其目而闕其文。

案是編原爲一卷，闇晦已久，至清光緒時，有長沙人胡元儀者，始爲之疏證，並析原書爲二卷，以詞說、屬對、樂笑翁奇對三目爲上卷，警句以下凡六目曰下卷，名曰「詞旨暢」，言暢其旨也。胡氏於陸書所錄屬對、警句，皆一一註明其作者及調名，其不可考者闕之，凡原詞存者，悉錄其全闋，以見全貌焉；惟卷末兩字集虛及三字集虛，仍付闕如，近人陳去病重訂是書，亦不復補之，蓋自明刻單行本卽已闕其文，但存其目矣！

是編卷帙無多，然詞之矩範，大抵不出所論，四庫提要謂「其言皆無甚高論，佚不足惜。」未必盡然。如書中所錄屬對警句，雖類皆殘章斷句，然詞家佚詞，猶有賴此而存者，若王碧山醉落魄句：「揉碎花心，吟碎淡黃雪。」霜天曉角句：「翠簟一池秋水，半牀露，半牀月。」謁金門句：「恰似斷魂江上柳，越春深越瘦。」三詞俱佚，今所傳花外集僅詞六十首，此三則，佚詞之僅存者也。又若單字集虛：任、看、正、待、乍、怕、總、問、愛、奈、似、但、料、想、更、算、況、悵、快、早、儘、嗟、憑、歎、方、將、未、已、應、若、莫、念、甚。此三十三字，類皆所謂近雅者，足爲作詞者之參用。蓋唐、五代至北宋詞皆小令，迨柳永輩出，慢詞乃作，字句增多，詞中行氣通脈，全賴虛字，然虛字之用，易流於俗，陸氏摘出此三十三字較近雅者，亦不無防閑之功焉。要之，詞旨一書，所以示人作詞之矩範，孟子曰：「大匠誨人，必以規矩。」是亦良工之苦心也。特持論未深，所錄屬對、警句，抉擇欠精耳；蓋元時詞學衰替，故論詞之書亦未能臻於上乘也。

是編一卷本有明寶顏堂秘笈本（題樂府指迷，下卷卽陸氏詞旨）、廣百川學海本（壬集所收）、說郛本（宛委山堂本卷八十四所收）、清硯北偶鈔本、詩觸本（卷五所收）、藝海珠塵本（癸集所收）、學海類編本（集餘三，文辭類所收）、詞林紀事附錄本、四印齋所刻詞本、民國古今文藝叢書本（第一集所收）、中國文學珍本叢書本（第一輯所收）、開明書店景印本（據四印齋本景印）等，二卷本則有百尺樓叢書本（胡元儀原釋，陳去病重訂）、詞話叢編本（覆百尺樓本）等。

第三編　明代詞話敍錄

（一）別自成卷而爲詞話專書者

爰園詞話　一卷

俞　彥撰

彥字仲茆（茆通茅、故王靜齋古今詞論、徐虹亭詞苑叢談並引作仲茅），江寧人，生平始末，無可詳考。是編名爰園詞話，殆俞氏所居曰爰園，故所著因以名焉，猶袁子才隨園詩話之比也。

卷惟十五則。卷首數則，略論詞之源流，次論作詞之法則，間亦品評詞家。其所論作詞之法，如第六則謂「遇事命意，意忌庸、忌陋、忌襲；立意命句，句忌腐、忌澀、忌晦。」大抵言之簡要，略可遵循。然第七則謂「小令佳者最爲警策，令人動褰裳涉足之想，第好語往往前人說盡，當從何處生活？長調尤爲亹亹，染指較難，蓋意窘於侈，字貧於複，氣竭於鼓，鮮不納敗，比於兵法，知難可焉。」此論雖屬事實，然謂作小令難，作長調亦難，幾令初學者望而却步，後之作者，可以擱筆矣！是不盡然，若才力勝者，猶可別開生面；有明一代，詞學式微，然至淸初，又爲繁興，詞家輩出，佳作亦夥，是其證也，第所作未如前代之勝槪耳！

至其品評詞家，亦如王晦叔，崇東坡而抑柳永，謂「子瞻無一語著人間煙火」。坡詞向有銅琶鐵板之譏，遂謂「袁綯妄加評隲，後代奉爲美談，似欲以概子瞻生平，不知萬頃波濤，來自萬里，吞天浴日，古豪傑英爽都在，使屯田此際操觚，果可以楊柳岸、曉風殘月命句否？且柳詞亦只此佳句，餘皆未稱，而亦有本，祖魏承班漁歌子『窗外曉鶯殘月』，第改二字，增一字耳。」持論雖屬有見，然未盡平允，蓋柳詞曉風殘月而外，亦有佳者，卽八聲甘州一詞，東坡亦云：「人皆言柳耆卿詞俗，如『霜風淒緊，關河冷落，殘照當樓。』唐人佳處，不過如此！」是柳詞佳處，不減唐人，此言出自東坡，益知品評詞家，不可一概抹煞也。

詞品　六卷　拾遺　一卷

有蕙風簃藏本、上海大東書局詞話叢鈔本、詞話叢編本（覆蕙風本）等。

楊　愼撰

愼字用修，號升菴，自署花朝洞天眞逸，新都人，弘治元年生。年二十二，擧正德六年廷試第一，授翰林修撰。於書無所不覽，明世記誦之博，著述之富，無出其右者。所著如升菴詩集、文集、長短句、詩話、經說等；所編纂如詞林萬選、風雅遺編、百琲明珠、塡詞玉屑等，多至四百餘種，散佚頗多，學者恨未睹其全也。嘉靖三十八年卒，年七十二。天啓中，追謚文憲，明史有傳。

是編八千卷樓書目著錄題爲「升菴詞品」，凡六卷，拾遺一卷。卷前有序二，其一自序，其一嘉靖間成都周遜序。江寧陳秋帆據明嘉靖刋本校訂，謂原本殘蝕自序末一字及作者姓氏，嗣檢卓珂月詞統，據以補正，並譌爲升菴自序。又謂原本有陳繼儒序一篇，亦闕，僅存「友人陳繼儒撰」六字，以無從校補，祇付闕如云。

是書援據博洽，紀事綦詳，乃四庫未見著錄，誠遺珠之憾也。卷一凡六十八則，卷二六十六則，卷三四十七則，卷四、卷五各五十一則，卷六二十四則，拾遺十六則，陳秋帆據明嘉靖本與函海本校訂，又補四則，都三百二十七則，堪稱爲宋、元、明以來詞話卷帙之最爲繁富者。卷中每則均附以小題，如「陶弘景寒夜怨」、「沈約六憶辭」等。各卷所論，大抵卷一溯詞調之緣起，或辨正訛誤，卷二以下紀詞家故實。卷二所紀多屬花間詞人及閨閣方外詞家；卷三多北宋詞人；卷四多南宋詞人；卷五、卷六雜記各代詞家之故實。

卷中論列，非惟引據博洽而已，且頗具知人論世之概；以升菴之博聞強識，於所考辨，足正俗傳、俗本之誤。如據陸游牡丹譜辨詞調朝天子當作朝天紫，本蜀牡丹花名，後人以爲曲名。又謂文選江淹別賦：「閨中風暖，陌上草薰。」六一詞「草薰風暖搖征轡」用之，知俗本改薰作芳者非。杜詩：「關山同一點。」點字絕妙，東坡洞仙歌：「一點明月窺人」用之，坊本杜詩改點作照，語意索然，成小兒語。凡此援引辨證之處，類皆鑿鑿有據。至謂詞名多本詩句之說，則不免有附會之處，而屢爲胡應麟筆叢所辨駁；胡氏謂點絳唇、青玉案等，楊說或協，餘俱偶合，未必盡自詩中；蓋升菴雖號博洽，然過於求新，遂致瑣陋，而徒詒後人彈射耳。

至評論詞家，於李易安、姜堯章、高竹屋、吳夢窗、辛稼軒諸家，均備致推崇。如評易安：「宋人中塡詞，李易安亦稱冠絕，使在衣冠，當與秦七、黃九爭雄，不獨雄於閨閣也。」評堯章：「詞極精妙，不減清眞樂府，其間高處，有周美成不能及者。」評竹屋：「所作要是不經人道語，其妙處少游、美成亦未及也。」評夢窗：「尹君煥序其詞云：『求詞於吾宋，前有淸眞，後有夢窗。』此非煥之言，四海之公言也。」評稼軒：「近日作詞者，惟說周美成、姜堯章，而以東坡爲詞詩，稼軒爲詞論，此說固當；蓋曲者曲也，固當以委曲爲體，然徒狃於風情婉孌，則亦易厭，回視稼軒所作，豈非萬古一清風哉？」凡此均屬愜當之論。

卷中亦有爲詞家辨誣者，如辨蜀花蕊夫人書葭萌驛壁詞後半闋爲後人所續；司馬溫公西江月「寶髻鬆鬆綰就」一詞爲宣和間恥溫公獨爲君子者作而誣之等，皆爲後世詞話家常所引據。惟謂朱淑眞生查子元夕詞非良人婦所宜，又引其元夕詩，謂與詞意相合，其行可知；遂構爲詞壇一公案，後世詞話家多有辨之者，除四庫提要外，謝枚如賭棋山莊詞話、況夔笙蕙風詞話等，均有辨正，容後述焉。

是書卷數，各本不一，明嘉靖本作六卷；清乾隆間李調元刻函海，亦收詞品，第作五卷；吳子律蓮子居詞話稱引作四卷；大抵皆屬分合之異。據陳秋帆校勘，嘉靖本較函海本多出十二則，而函海本亦有四則爲嘉靖本所無，遂以嘉靖本爲主，而以函海本增補之。所補四則，一曰轉應曲、二曰鼓子詞，補入卷一；三曰劉會孟、四曰鏡聽，補入卷六。

有明嘉靖間沺江書屋校刊本（有近人文素松手跋，今中央圖書館藏有一部）、天都閣藏書本、清函海本（乾隆本、道光本第十五函所收，光緒本第二十二函所收）、陳秋帆校本（據明刊及函海本校）、民國詞話叢編本（覆陳校本）、叢書集成初編本（文學類所收，據天都閣本景印）等，又明陶珽輯、清順治三年宛委山堂刋說郛續卷三十三收升菴詞品一卷，或係節錄之本。

（二）博采前人逸事佚句而成書者

渚山堂詞話　三卷

陳　霆撰

霆字水南，一字聲伯，德清人。弘治十五年進士，授刑科給事中，抗直敢言，以忤劉瑾，謫大安州，歷遷山西提學僉事，致仕歸。嘉靖中，屢薦不出，隱居渚山者凡四十年。著述有唐餘紀傳、山堂瑣語、水南稿、草堂遺音、渚山堂詩話、渚山堂詞話等，凡百餘卷。

是編本與所作詩話同刋，而較勝其詞話，蓋霆長於詞，故論詞轉多中肯也。卷中於宋、元、明詞家逸事佚句，采錄甚博。如載宋徐一初九日登高一詞，其本集不傳於世，詞則賴此以存。又如王昭儀滿江紅詞，為其位下宮人張瓊瑛作；垂楊、玉耳墜金環二曲，為唐、宋舊譜所無等，皆足資考證。

所論亦有失誤，四庫提要拈出二處：「其中如韋莊『雨餘風軟碎鳴禽』句，本用杜荀鶴春宮怨語，南車羯鼓錄所謂透空碎遠之聲，卽此碎字，當訓細瑣雜亂之義，霆乃謂鳴禽為碎，於理不通，又改為『暖風嬌鳥碎鳴音』，未免點金成鐵。」此其一。「又謂楊孟載雪詞簌簌颼颼字古無所出，欲據黃庭堅詩改為踈踈密密，不知踈踈密密之詠雪，黃詩又何所出？亦未免涉於膠固。」此其二。

要之，是書持論，除提要所指摘者外，其他多屬明確；所錄軼事逸篇，亦可資參訂；故提要仍許之爲明人詞話之善本也。

凡三卷，卷前有嘉靖庚寅自序一篇，詞話叢編本卷末附武進趙尊嶽後記及吳興劉承幹跋各一篇，蓋劉氏嘗據江南圖書館舊鈔本刻入嘉業堂叢書，趙尊嶽又據明嘉靖刊本比勘校定者。卷一凡二十則，卷二凡二十四則，卷三凡十五則，都五十九則。

又是編卷數亦略有歧異，各本多作三卷，惟錢曾述古堂藏書目著錄作一卷，疑手鈔者合鈔爲一卷；又渚字訛作諸，當係刻版之誤。

有江南圖書館所藏舊鈔本、沈肖巖所藏舊鈔本、趙叔雍校明嘉靖刊本、清四庫全書本（集部詞曲類所收）、民國吳興叢書本（劉承幹嘉業堂刊）、詞話叢編本（覆趙校明刊本）等。

（三） 附於詩文評者

弇州山人詞評　一卷

王世貞撰

世貞字元美，號鳳洲，自號弇州山人，吳郡太倉人。嘉靖五年生，二十六年舉進士，授刑部主事，累官刑部尙書，以疾歸。好爲詩古文，始與李攀龍同主文盟，攀龍歿，獨主壇坫者凡二十年。其持論文必西漢，詩必盛唐，而藻飾過盛，晚年始漸造平淡。嘗築園曰弇州，頗饒水石花木之勝。有弇山堂別集、嘉靖以來首輔傳、觚不觚錄、弇州山人四部稿、王氏書苑、畫苑等。萬曆十八年卒，年六十五，明史有傳。

弇州山人四部稿內有世貞所著藝苑巵言（凡六卷，一作八卷，萬曆間增補刻本又有十二卷與十六卷之異），其中附錄論詞曲者一卷，論詞凡二十八則，前人有析出此論詞之說別自成卷者，故清人丁丙、丁和甫所編八千卷樓書目及莫伯驥五十萬卷樓藏書目錄初編並有著錄，題曰「詞評一卷」，唐圭璋所輯詞話叢編則題曰「弇州山人詞評」，今從之。

世貞論詞以婉麗爲宗，慷慨豪放者爲次。其言曰：「詞須宛轉緜麗，淺至儇俏，挾春月煙花於閨襜內奏之，一語之豔，令人魂絕，一字之工，令人色飛，乃爲貴耳。至於慷慨磊落，縱橫豪爽，抑亦其次。不作可耳，作則寧爲大雅罪人，勿儒冠而胡服也。」又曰：「言其業，李氏、晏氏父子、耆卿、子野、美成、少游、易安，至也，詞之正宗也。溫、韋豔而促，黃九精而險，長公麗而壯，幼安辨而奇，又其次也，詞之變體也。」又曰：「溫飛卿所作詞曰金荃集，唐人詞有集曰蘭畹，蓋皆取其香而弱也，然則雄壯者固次之矣！」觀此可以知其論詞之旨，蓋以秦、柳婉約者爲正宗，蘇、辛豪放者爲別派。張南湖亦有此說，後世論詞者多本之。惟以溫、韋爲變體，殊覺不類，王阮亭花草蒙拾嘗辨之。

世貞於詞，雖有正宗、別派之見，然於東坡嘗褒其可褒，於美成亦貶其可貶。如褒美東坡之言曰：「昔人謂銅將軍、鐵綽板唱蘇學士大江東去，十八九歲好女子唱柳屯田楊柳岸、曉風殘月，爲詞家三昧。然學士此詞，亦自雄壯，感慨千古，杲令銅將軍於大江奏之，必能使江波鼎沸。至詠楊花水龍吟慢，又進柳妙處一塵矣！」貶抑美成之言曰：「美成能作景語，不能作情語；能入麗字，不能入雅字；以故價微劣於柳。」故雖以周、柳諸人爲詞之正宗，而以東坡雄壯一格爲變體，然於二派詞不護其短，不掩其長，是亦有所折衷而非極端偏頗之見者也。

案商務印書館叢書集成初編據天都閣藏書本景印「詞評」，題曰「撰人不詳」，今考即弇州所撰詞評也，第篇次略有出入耳。以之與附於四部稿本互校，二本皆錄二十八則，惟四部稿本第一則「詞者樂府之變也」云云，第二十三則：「永叔、介甫俱文勝詞」云云，爲天都閣本所無，其他或二則合爲一則，或一則分爲二則，當係天都閣藏書主人手錄世貞之書，遺其二則，鈔錄時又隨手分合，並遺其撰者名氏，久之，遂致不詳其撰人矣！

又天都閣本卷末附鈔涵虛子詞品，題曰「元詞評」。案涵虛子詞品乃品評有元一代之曲家，蓋元時詞曲界限未顯，雖題曰詞品，實爲曲品，鈔襲者未審，乃以之附於弇州詞評之後，且易目曰「元詞評」，誠屬不類。

有明弇州山人四部稿本、廣百川學海本（壬集所收）、重訂欣賞編本、天都閣藏書本、清水石山房叢書本（第十三册所收）、民國詞話叢編本（覆四部稿本）、叢書集成初編本（據天都閣本景印，文學類所收）。又明萬曆新安程榮（仲仁）所刻增補十二卷本藝苑巵言及萬曆己丑武林樵雲書社所刊增補十六卷本藝苑巵言亦附弇州詞評。

第四編　淸代詞話敍錄

(一)　別自成卷而爲詞話專書者

(1)　泛論詞中旨趣者

七頌堂詞繹　一卷

劉　體　仁撰

體仁字公勇（勇或作戫），穎川人。順治十二年進士，歷官吏、刑二部郎中。有詩名，與宋犖、汪琬、王士禎等相唱和，時號十才子。詩有奇氣，刻削似孟東野。告歸後，日手一編，不問戶外事。善畫山水，嘗倣雲煙過眼錄作七頌堂識小錄一册。詩初名蒲庵集，後爲七頌堂詩文集，凡十四卷。七頌者，慕成連、陸賈、司馬徽、桓伊、沈驎士、王績、韋應物之爲人，人爲之頌，故以名堂，又以名書；詞繹者，尋繹詞中之旨也。淸史有傳，列於文苑。

是編凡一卷，三十二則。所論頗多精妙之語，如「詞須上脫香奩，下不落元曲，乃稱作手。」又謂詞起結最難，而結尤難，「須結得有『不愁明月盡，自有夜珠來』之妙乃得。」皆其論詞之名言。又曰：「紅杏枝頭春意鬧，一鬧字卓絕千古，字極俗，用之得當則極雅，未可與俗人道也。」王靜安人間詞話拈出「境界」二字論詞，謂「紅杏枝頭春意鬧，着一鬧字而境界全出。」論者或謂王氏此說，發前人之所未發，不知鬧字之卓絕，早經劉氏拈出，且劉氏亦嘗言及境界，謂「詞中境界，有非詩所能至者，體限之也。」王氏其亦有得於斯歟？

卷中間亦論及作詞之法，大體精要。如謂「文字總要生動，鏤金錯采，所以爲笨伯也；詞尤不可參一死句。」又謂「長調蕪累與痴重同忌，襯字尤不可少，然忌淺熟。」又間亦品及詞家，如謂「晏叔原熨帖悅人。」「柳七最尖穎，時有俳狎。」「易安居士『最難將息，怎一個愁字了得，』深妙穩雅，不落蒜酪，亦不落絕句，眞此道本色，當行第一人也。」類皆精審恰切，深具鑒識。

有清賜硯堂叢書新編本（乙集所收）、別下齋叢書本（海昌蔣光煦校，丙集所收）、民國詞話叢鈔本、詞話叢編本（覆別下齋本）、美術叢書本（初集第一輯所收）等。

塡詞雜說　一卷

沈　謙撰

謙字去矜，號東江，仁和人。明光宗泰昌元年生，淸諸生。篤學，工詩文；崇禎末，與丁澎等稱西泠十子。詩初喜溫、李，後乃循漢、魏，以窺盛唐。詞步武蘇、辛，而以五代、北宋爲歸。有東江集；又長於韻學，著有東江詞韻，沈天羽評之曰：「考據該洽，部分秩如，可爲塡詞家之指南。」康熙九年卒，年五十一。淸史有傳，到於文苑。

是編凡一卷，三十二則。皆雜說塡詞之要法，或精評前人之名章雋句，一如劉公勇七頌堂詞繹之例，每以精簡之辭，作深切之論。如：「詞不在大小淺深，貴于移情；曉風殘月，大江東去，體製雖殊，讀之皆若身歷其境，惝怳迷離，不能自主，文之至也。」又如：「白描不可近俗，修飾不得太文，生香眞色，在離卽之間。」又如：「詞要不亢不卑，不觸不悖，驀然而來，悠然而逝，立意貴新，設色貴雅，構局貴變，言情貴含蓄，如驕馬弄銜而欲行，粲女窺簾而未出，得之矣！」凡此皆言之中肯而精確，是深得詞中三昧者也。

不獨所論作詞之要領，皆精確可法，間作品評，亦頗具鑒識。如評辛稼軒：「稼軒詞以激揚奮厲爲工，至寶釵分、桃葉渡一曲，昵狎溫柔，魂銷意盡，才人伎倆，眞不可測！」評後主、易安、太白：「男中李後主，女中李易安，極是當行本色；前此太白，故稱詞家三李。」又：「李後主拙於治國，在詞中猶不失爲南面王，覺張郞中、宋尙書，直衙官耳。」

大抵所論皆精切中理，故後人多采其說，如王靜齋輯古今詞論，彭駿孫輯詞藻，采取其說甚多。是編乃附於東江集者，世鮮單行之本；以其內容、體例與劉公勇七頌堂詞繹相近，故次於此。

有全集本（附東江集）、詞話叢編本（覆全集本）等。

遠志齋詞衷　一卷

鄒祇謨撰

祇謨字訏士，號程村，武進人，順治十五年進士。事母以孝聞，母敎之極嚴，祇謨卽以讀書娛其母。凡經史百家，天文宗乘，靡不悉記；尤工詩古文辭，與陳維崧、董以寧、黃永稱毘陵四子。名其讀書處曰遠志齋，有遠志齋集。所著詞曰麗農詞，謝枚如謂其詞修潔，有花間遺意。

是編凡一卷，四十八則。末附專論詞韻者七則，題曰「詞韻衷」，又補遺一則，共得五十六則。書名「遠志齋詞衷」，遠志齋者，其書齋之名；詞衷者，殆取其論詞折衷之意歟！

卷中論列，多考訂辨訛之處，間以己見折衷前人之異說，類皆確切平允。如辨張南湖詩餘圖譜所載粉蝶兒與惜奴嬌，本係兩體，而誤爲一體；辨程明善嘯餘譜念奴嬌與無俗念等，本屬一體，而分載數體；棘影卽踈影，本無異名，而誤仍訛字等；皆足資參訂。案是二譜歷來塡詞者多奉爲金科玉律，而舛誤淆亂之處甚多，經鄒氏辨正，誠造益後學匪淺也。

又鄒氏於詞家選詞之好用新名，大肆抨擊。謂花草粹編一書，異體怪目，渺不可極，殊厭披覽。張宗瑞詞一卷，亦悉易新名。如此標新立異，一無裨益，唯徒惑聽睹而已，故主悉用舊名。

又於楊升菴調名緣起之說，及胡應麟辨駁楊說之處，縷縷引述，並折衷評斷，譽胡氏爲詞品之董狐。謂楊說多穿鑿附會之過，而胡氏考據精詳，然於詞理未盡研涉，故於胡氏所辨，偶有未及全見者，亦爲辨正焉。如升菴論曲中黃鶯兒詠鶯，胡以爲非，鄒氏謂詞中亦有黃鶯兒，遂舉柳永樂章集第一首詠鶯者正之。

大抵鄒氏持論，多屬折衷之言。如辨正詩餘圖譜之訛誤，然於是書開創之功，亦未盡抹煞，嘗謂張氏圖譜「於詞學失傳之日，創爲譜系，有蓽路藍縷之功。」又如抨擊詞家之好用新名，然間有古名無謂，而偶易佳名者，亦嘗許之曰：「但就本詞稱之，亦不妨小作狡獪。」

有賜硯堂叢書新編本（乙集所收）、詞話叢鈔本、詞話叢編本（覆賜硯堂本）等。

花草蒙拾　一卷

王士禎撰

士禎字貽上，號阮亭，別號漁洋山人，世稱王漁洋，山東新城人。明崇禎七年生，順治十五年進士，累官刑部尚書，康熙五十年卒，年七十八。後人避世宗諱，改名士正，乾隆中，復追賜原名，諡文簡。其詩爲一代宗匠，與朱彝尊並稱朱王。善古文，兼工詞，少日嘗夢五色小鳥如鳳，遂有句云：「郎似桐花，妾似桐花鳳。」世以王桐花稱之。又鄒程村以其有「春水平帆綠」、「夢裏江南綠」、「新婦磯煙水綠」之句，遂目爲王三綠。於詞尤工小令，譚復堂稱其詞爲才人之詞，徐仲可謂其逼近南唐二主。著述有帶經堂集、漁洋詩文集、唐賢三昧集、五代詩話、池北偶談、衍波詞等數十種。

是編卷前有士禎自綴數語云：「往讀花間、草堂，偶有所觸，輒以丹鉛書之，成數十條，程村強刻此集卷首，僕不能禁，題曰花草蒙拾，蓋未及廣爲揚搉，且自媿童蒙云爾。」觀此可以知其書得名之由矣！

凡一卷，五十八則，皆其平日讀花間、草堂二集心得之語，嘉興沈子培著菌閣瑣談，謂漁洋此書「偶然涉筆，殊有通識」，信然。如謂「紅杏枝頭春意鬧」實本花間「�覺杏梢紅」，特有青藍冰水之妙。又謂易安「纔下眉頭、却上心頭」從范希文「都來此事，眉間心上，無計相迴避」語脫胎，李特工耳。於前人名句，溯其所本，皆有識見。

又卷中論列，精言妙譬，往往而有。如：「或問花間之妙，曰：蹙金結繡，而無痕跡；問草堂之妙，曰：采采流水，蓬蓬遠春。」又如：「溫李齊名，然溫實不及李，李不作詞而溫爲花間鼻祖，豈亦同能不如獨勝之意耶？古人學書不勝，去而學畫；學畫不勝，去而學塑；其善於用長如此。」

間亦涉及前人評詞之見，而予辨正，亦深具特識。如「弇州謂蘇、黃、稼軒爲詞之變體，是也；謂溫、韋爲詞之變體，非也。夫溫、韋視晏、李、秦、周，譬賦有高唐、神女，而後有長門、洛神；詩有古詩錄別，而後有建安、唐初、三唐也。謂之正始則可，謂之變體則不可。」誠爲精當之論。

有昭代叢書本（己集所收）、賜硯堂叢書新編本（乙集所收）、詞話叢鈔本、詞話叢編本（覆昭代叢書本）等。

皺水軒詞筌　一卷

賀　裳撰

裳字黃公，自署白鳳詞人，丹陽人。康熙初諸生。嘗取明人評史諸書之義有未當者，折衷其是，著史折。又著載酒園詩話，標舉晚唐，詆斥王、李。所著詞曰紅牙詞，措語精工。

是編題曰「皺水軒詞筌」，皺水軒者，蓋黃公書室之名；筌者捕魚之器，蓋黃公嘗以魚喻詞；卷前自序云：「夫詞小技也，程正叔至正色責少游，晦庵夫子乃不免涉筆，正如烹魚者，或厭其腥，或賞其鮮，咸是定評，孰爲至論？要以苟懷溉釜之思，則斯篇實臨淵之助矣！」由此數語，足悟其命名之用意矣！

是編賴古堂刋本凡五十四則，非足本也。唐圭璋輯詞話叢編，據倚聲集、詞苑叢談及昭代叢書，增補十三則，合共六十七則，雖未能盡補其闕，然已較原刋差勝矣！惟序中所稱詞旂、詞榷二書，今並失傳，亦不見他書稱引，滋可惜已！

原刋本五十四則，前四十九則均無標目，末五則均附以小題，曰詞忌、曰古詞別本、曰增補古詞、曰古佚詞、曰存疑。唐氏補遺者亦並無標題。

卷中多錄詞家之斷章佚句，類皆黃公所賞心之俊語，間亦涉及考訂、紀事及作詞當避忌之事。所錄佳句如查荎：「斜陽影裏，寒煙明處，雙槳去悠悠。」狀離別之情景，令人不能爲懷。又如向伯恭詠鞦韆句：「霞衣輕舉疑奔月，寶髻傾攲若墜樓。」追琢工緻。其他類此者甚夥，雖斷璧碎璣，皆足見前人之佳處！

考訂之處不多，如辨陸雪窗瑞鶴仙詞之非歐公作，惜未提出確證。至於前人聚訟而不能決者，則闕其疑焉，如點絳唇「新月娟娟」一闋，升菴以爲蘇叔黨作，非汪彥章作，黃公乃據稗史以爲當係汪作，然又列入存疑一目，此其審愼之處。

「詞忌」一目，謂「小詞須風流蘊藉，作者當知三忌：一不可入漁鼓中語言，二不可涉演義家腔調，三不可像優伶開場時敍述，偶類一端，卽成俗劣。」：他如「作長詞最忌演湊。」「詞莫病於淺直」「詞家須使讀書者如身履其地，親見其人，方爲蓬山頂上。」均屬有見之言。

至其論詞之旨，以含蓄、雅潔爲貴，謂必語淡而情濃，事淺而言深，乃得詞家之三昧。

有賴古堂刊本、昭代叢書本（庚集所收）、詞話叢鈔本、詞話叢編本（增補賴古堂本）、美術叢書本（第四集第三輯所收）等。

金粟詞話　一卷

彭孫遹撰

孫遹字駿孫，號羨門，又號金粟山人，海鹽人。明崇禎四年生，順治十六年進士，康熙中，舉鴻博第一，授翰林編修，歷官吏部侍郎。文思敏贍，工詩詞，與王漁洋齊名，時有彭王之目；漁洋撰倚聲集，推爲近今詞人第一。著有松桂堂、南淮、香奩、唱和等集、早歲之作曰延露詞，尤晦庵侗嘗爲之序。其詞多寫豔情，特工小令，有「吹氣如蘭彭十郎」（見朱孝臧彊村棄稿）之目。康熙三十九年卒，年七十。

是編凡一卷，十八則。其論詞旨趣，以自然爲宗，謂自然須從追琢中來，猶詩家所謂：「絢爛之極，乃造平淡。」見解深透。

卷中論列，與公勇詞繹、程邨詞衷、漁洋蒙拾、黃公詞筌一例，皆篇帙無多，而所言率精。於前輩詞家少游、易安、梅谿、稼軒諸人，特致推崇，謂「詞家每以秦七、黃九並稱，其實黃不及秦遠甚，猶高之視史，劉之視辛，雖齊名一時，而優劣自不可掩。」謂易安「守着窗兒，獨自怎生得黑」等句，皆用淺俗之語，發清新之思，詞意並工，爲閨情絕調。南宋詞人如白石、梅谿、竹屋、夢窗、竹山諸家之中，謂當以史邦卿爲第一。評稼軒則謂其「胸有萬卷，筆無點塵，激昂措宕，不可一世。」凡此皆不無見地。

有賜硯堂叢書新編本（乙集所收）、別下齋叢書本（海昌蔣光煦校，丙集所收）、詞話叢鈔本、詞話叢編本（覆別下齋本）、叢書集成初編本（據別下齋本排印）、美術叢書本（初集第二輯所收）等。

柳塘詞話　四卷

沈　雄撰

雄字偶僧，康熙間吳江人。工詞，有柳塘詞。居柳塘，故詞話亦以柳塘爲名。別輯古今詞話八卷，已敍錄。

是編凡分四卷，卷一、卷三及卷四蓋彙錄前人及時人之佳篇雋句而成，卷二泛論詞旨。計卷一四十八則，卷二四十二則，卷三二十五則，卷四七十五則，合一百九十則。淸初詞話之作，如劉公㦷七頌堂詞繹、鄒祇謨遠志齋詞衷等，率皆以簡鍊之辭句，精論詞中旨趣，若沈氏是編之廣蒐詞家之逸篇散句，鋪敍錄存者，尙屬首見。

除卷二爲泛論詞旨者外，餘三卷錄存前人及時人之篇章甚夥。前人如劉伯溫春感詞，時人如錢牧齋柳枝詞，吳梅村臨終所作金縷曲等，皆他書所未易覯，頗有蒐輯散佚之功。

卷二所論，大多出以己意，泛論詞中隱字、叠句、集句、藏韻、轉韻、起結、衍詞、疏名、按律、廻文體、福唐體等，多可觀可取。如論詞中起句，謂「起句言景者多，言情者少，敍事者更少。大約質實則苦生澀，淸空則流寬易。換頭起句更難，又斷斷不可犯。」論詞中結句，謂「緊要處，前結如奔馬收韁，須勒得住，又似住而未住；後結如泉流歸海，要收得盡，又似盡而不盡者。」又論起結句法，謂五字句起句「如木蘭花慢首句：『拆桐花爛熳』，三奠子首句：『悵韶華流轉』，第一字必用虛字，一如襯字，謂之空頭句，不是一句五言詩可塡也。」結句「如醉太平結句：『寫春風數聲』，好事近結句：『悟身非凡客』」，可以類推。又謂七字句在中句者亦有定法，「如風中柳中句：『怕傷郎又還休道』，春從天上來中句：『人憔悴不似丹靑』，句中上三字須用讀斷，謂之折腰句，不是一句七言詩可塡也。」凡此或卓具見地，或足資法守。

案是編單行之本頗罕覯，今惟見民國十年吳興王文濡所輯詞話叢鈔本（上海大東書局印行）。沈氏自輯古今詞話采錄柳塘詞話之說頗多，故二書語多互見。

雨村詞話　四卷

李調元撰

調元字羹堂，號雨村，又號童山，又號墨莊，綿州羅江人。乾隆二十八年進士。凡經史百家，稗官野乘，靡不博覽，羣經小學，皆有撰述。官通永道時，値四庫館開，每得善本，輒遣胥錄之，因輯自漢迄明蜀人著述罕傳秘籍彙刻之，名曰函海，凡輯書二百餘種。其表彰先賢、嘉惠來學之舉，甚爲海內所稱。罷官後，家居二十餘年，益以著書自娛；蜀中撰述之富，費密、楊愼而後，厥推調元云。

著易古文、禮記補註、奇字名、雨村賦話、詩話、詞話、曲話、童山詩集、文集等凡二百餘卷。清史有傳，列於文苑。

是編卷前有自序一篇，述其著詞話之旨趣云：「大凡表人之姸而不使美惡交混曰話，摘人之媸而使之瑕瑜不掩亦曰話。余之爲詞話也，表姸者少，而摘媸者多，如推秦七、抑黃九之類，其彰彰也。蓋姸不表則無以箸其長，媸不摘則適以形其短；非欲以非前人也，正所以是前人也；存前人之是，正所以正今人之非也；非特以正今人之非，實以正己之非也。」又述其著作之由曰：「余家藏有常熟吳氏訥所彙宋元百家詞寫本，卽竹垞所謂抄傳絕少，未見全書者，並汲古閣所刋六十名家詞，日搜閱之而擇其可學者取以爲法，其不可學者，取以爲鑒，錄成，目曰：雨村詞話。」觀此可知是書之宗旨及其論詞之所本矣。

凡四卷，都一百六十八則，一如升菴詞品之例，每則均有小題，如：「太白遺詞」、「詞中白描」、「悔庵論詩餘」等，皆就所論而綴以簡明標目，眉目清晰，一覽瞭然。卷一至卷三論唐、宋人詞，因詞及事，或因事及詞。卷四論明、清人詞，如弇州、竹垞、阮亭輩，或評其詞，或紀其事，均可取資。

調元博洽多聞，故所載零章碎句，頗多爲他書所不見者，且意味雋永。如陳后山浣沙溪句：「安排雲雨娶新晴。」娶字未經人道。呂渭老卜算子句：「若寫幽懷一段愁，應用天爲紙。」句甚新穎。所錄梅谿佳句最多，足資作詞者鍊句之借鑑。

又卷中頗多校讎辨正之處，如辨山谷畫堂春詞之雜入淮海集；山谷誤記少陵「今夜鄜州月」中秋詩爲岑嘉州作等，皆足以澄清前人之混淆。又於杜安石以李後主菩薩蠻「花明月暗」一闋，略改數字，竄入己集，譏評頗烈，謂「杜安石詞，多襲前人，壽域詞一卷，殊無足觀。」復痛斥其「不顧羞恥」！南宋詞人康與之受知秦檜，嘗獻喜遷鶯詞，有「總道是：文章孔孟，勳庸周召」之句，遂譏其「喪心病狂，不顧非笑，無恥至此，留爲百世唾罵」云云，尤有甚者，謂「詞至南宋而極，然詞人之無行，亦至南宋而極，而南宋之無行，至康與之尤極！」辭氣嚴正而淋漓，其重視詞人之品格，秉筆直書之概，大有春秋褒貶之義，足爲詞壇樹正氣，而爲後之詞人無行者戒。

評及詞家，則於秦少游、李易安、史梅谿頗致褒辭。謂「秦少游淮海集，首首珠璣，爲宋一代詞人之冠。」謂易安詞「不徒俯視巾幗，直欲壓倒鬚眉。」謂梅谿「鍊句清新，得未曾有。」於明、清諸家則略褒竹垞而貶抑弇州，凡此皆深具特識，非隨聲附和者可比。

惟所論亦不免有謬誤之處。如謂宋人未有著詞話者，惟後山集中載吳越王來朝等七條云云，是則大謬不然。不知晦叔漫志，玉田詞源，業有專書；而吳虎臣能改齋漫錄十六、十七兩卷曰樂府，皆詞話也；又周公謹浩然齋雅談末卷亦論詞，而謂宋人未有著詞話者，何疏於披覽之甚歟？若謂北宋未有著詞話者可，謂宋人則不可也。又謂毛稚黃塡詞名解發前人之所未發，顧此書多拾升菴、元瑞餘唾，殊多牽強，此亦其疏失之處。長樂謝枚如氏著賭棋山莊詞話，於李氏此等誤處，均有指摘。

綜其卷中所論得失，殆所謂瑕瑜互見者也；蓋調元雖號博洽，於詞終非深究，故不免疏誤耳。

有函海本（第二十五函所收）、詞話叢編本（覆函海本）、開明書店雨村四話本（與李氏賦話、詩話、曲話合刻）等。

蓮子居詞話　四卷

吳衡照撰

衡照字子律，仁和人，原籍海寧。嘉慶十六年辛未進士，官金華府教授。有辛卯生詩餘。

是編凡分四卷，卷一六十七則，卷二五十三則，卷三四十二則，卷四四十八則，都二百一十則。蓋隨手雜錄而成，故第以篇帙之多而分爲四卷耳。

是編於前賢及時人論次略備，其中有考辨詞韻分併之處；有校訂詞律譌誤之處；有泛論作詞法則之處；有品評詞家優劣之處；有折衷前人論詞異同之處；有蒐羅各家散章佚句之處；或詳徵博引，或慎考明辨。間紀前人之遺聞軼事，不必盡有關乎詞，要皆詞人也，此亦溫公詩話載梅堯臣一條之例。綜觀全書，持論精審，道古宏富，可謂詞苑有功之書也。

卷中考辨之處，有爲前輩詞人辨誣者。如易安居士再適張汝舟事，此說見苕溪漁隱叢話、雲麓漫鈔、繫年要錄等，吳氏乃據金石錄後序、容齋四筆等書考之，謂宋人說部多載其事，大抵彼此衍襲，未可置信。持論精切，足爲賢媛洗冤。（案俞正燮癸巳類稿、徐興公筆精，亦嘗力爲易安昭雪。）

至於折衷前人論說異同之處，如唐詞菩薩蠻、憶秦娥二闋，花菴以後，咸以爲出自太白，然太白本集不載，至楊齊賢、蕭士贇注始附益之；胡應麟筆叢疑其僞託，謂詳其意調，絕類溫方城；吳氏以爲不然，蓋以詞中「暝色入高樓，有人樓上愁。」「西風殘照，漢家陵闕」等語，神理高絕，非金荃手筆所能。

又於前人詞話，多補其闕漏，校其錯謬。如陸行直詞旨所摘樂笑翁警句十餘則，吳氏爲補十五則；徐虹亭詞苑叢談有脫漏誤謬之處，亦爲讎勘補訂十之六七；用力可謂勤矣！

又書中稱引時人詞話而今失傳者，頗足爲考證之資。如卷二第三十四則稱錢葆馚（芳標）有蒓䲡詞話；卷三第三十三則載許田（莘野）有屏山詞話一卷；二書未見他書稱引，亦不見諸家著錄，殆已失傳，然猶賴此而存其目。

其品評詞家，與周止庵持論異趣。如止庵抑白石而子律以白石爲高；於蘇、辛二家，止庵推辛而子律崇蘇，以爲辛之視蘇，猶詩中山谷之視東坡，蘇之大，殆不可以學而至。

有道光壬辰錢塘汪氏振綺堂刊本、同治丁卯退補齋刊本、古今說部叢書本（九集所收）、詞話叢編本（覆退補齋本）等。案退補齋本爲同治間胡鳳丹月樵氏所刊，此本卷前有嘉慶二十三年錢塘屠倬及德清許宗彥序，並胡氏所序，共三篇。

問花樓詞話　一卷

陸　鎣撰

鎣字藝香，吳江人。據卷後跋語，知陸氏所著有問花樓詩鈔二卷、詞鈔一卷、詩話三卷、詞話一卷；後因兵火而佚其詩鈔一卷，詞鈔一卷。跋又謂陸氏「早承家學，讀書務淹博，不求聞譽。有名庠序間。」又謂陸氏嘗曰：「吾家貧，冀博祿養，久而無成，古人有言：『早知窮達有命，恨不十年讀書。』非虛譚也！」據此知陸氏早歲家貧力學，冀圖仕進而不獲，遂不求聞達，退而以讀書自娛；觀其所著，亦知其爲長於詩詞之流也。

是編卷前有作者道光戊申自序，略謂：「鎣早承庭訓，未嫻聲律，惝識徑途。頃者，長夏無事，偶閱花間、草堂諸刻，追憶舊聞，久遂成帙，聊以備遺忘、耗歲時耳！」故知是編之成書，蓋陸氏偶然消遣所作；其論詞之依據，爲花間、草堂諸刻，而益以舊聞。

凡一卷，十六則，如楊升菴詞品、李羹堂雨村詞話之例，每則均有小題。題曰：原始、命題、寄調、換頭、小令、長調、南北曲、古今韻、蘇辛周柳、唐宋元明、疊字、錄要、詼嘲宜戒、傳聞須愼、蕓斐軒、草堂本。由詞之原始、命題，漸次論至詞之韻書、詞之選本，論列秩然有序。

卷中所論，有卓具見識者，如「換頭」一則論換頭云：「換頭最喫緊，高手於此，殊費經營。」「古今韻」一則論用韻須「酌古準今」。「唐宋元明」一則，論有明一代，以時文取士，詞學寖衰，劉誠意、夏少師所作，猶恆人耳；王弇州所爲小令，頗近雕琢，長調亦多蕪雜；楊升菴詞，亦傷尖薄；故慨之曰：「先廣文謂有明無詞人，信然！信然！」至「傳聞須愼」一則，記歐公、溫公及易安居士被誣事，並寄其慨。又「蕓斐軒」一則，記詞韻韻書之沿革。「草堂本」一則論草堂詩餘之得失，兼及其前後諸選本，敘述源流，辨析雅近，足資參考。惟「命題」一則記詞名多本古人詩句，蓋沿升菴之說，無所發明。

是編題曰問花樓者，卷後附同治辛未署名迺普者跋云：「先方伯故第在蘇州吳江縣北門內之下塘街，舊有樓十餘楹，其下雜植榆、柳、桃、李之屬，春夏交，繁英絢發，先方伯婆娑其上，而封大夫甫勝衣，受經於先大父處也。」據此，是編之題意可知矣！惟其中稱陸氏爲封大夫，又有先方伯、先大父、則作跋者殆陸氏姪甥輩歟？此不可詳考者。

有陸氏傳家集本，民初，陳去病刋百尺樓叢書，以是編刻附笠澤詞徵，故是編除舊本外，又有百尺樓叢書本，詞話叢編本卽據百尺樓本排印。

聽秋聲館詞話　二十卷

丁紹儀撰

紹儀字杏舲，無錫人。生平始末，無可詳考。

是編卷帙之富，爲有清一代詞話之最。馮金伯詞苑萃編雖多至二十四卷，然皆萃集各家之說而成，其出於己作者，仍推紹儀此書最爲繁富云。

凡二十卷，錄其論詞、話詞之文都三百零八則。各卷所載，或論詞旨，或言詞韻，或述前代，或紀近事，紛然雜陳，蓋書乃信手紀錄、拉雜書成者，初未嘗釐訂先後次第，至刋行時，始以卷帙之多而劃分爲二十卷耳。

是編以作者采摭甚勤，校讎亦精，故率多可取。如據花草粹編、全芳備俎、吹劍錄、冷齋夜話等書，補朱竹垞列朝詞綜之闕，所補有吳師益臘梅香等凡三十家詞。又據散見紀聞雜錄中宋閨媛詞，錄蜀人王通判女瑩卿一翦梅等凡二十三家詞，以補詞綜所未備。又校正詞綜訛謬脫落之處凡五十二處。又詞綜所采各詞中，有未經訂正，萬樹詞律復沿其誤者，改正凡四十處。又陶梟鄉詞綜補遺二十卷，雖經參詳考訂，而魯魚亥豕，尚所不免；且間有脫字、衍字，未經校定者，亦爲訂正凡四十九處。又正萬氏詞律訛誤之處凡一百十七處；脫字、衍字及分句舛錯之處凡一百零五處；誤分換頭或應分而未分者凡二十四處；於詞調誤分誤合者凡十處；凡此皆詳徵博考，辨同證異，蓋當日倚聲家咸奉詞綜、詞律爲玉律金科，而舛誤特多，故詳加校勘，誠裨益後學匪淺也。

此外，卷中於網羅散佚、考證舊聞、採擷菁英、蒐錄軼事之處，亦復不少，類皆詳審，並足爲後人之取資，詞苑之談助。李慈銘越縵堂讀書記評之曰：「丁君於詞學用力頗深，此書所校正，爲萬紅友詞律之誤，朱氏詞綜、王氏明詞綜、國朝詞綜、陶梟鄉詞綜補遺之闕漏，及所載宋、元別體，皆有裨倚聲。其雜舉古今，因人論世，亦近出之佳書也。」

要言之，是編之最堪注意者，爲校讎詞綜、詞律之精審。他處則偶或有誤，如論詞選，張皋文所選本不過百餘闋，而以爲四百餘闋，是其一誤，謝枚如氏賭棋山莊詞話續編嘗爲指出。

是編卷前有丁氏同治八年己巳自序一篇，故是編蓋成於同治年間。卷末有其子堉胡鑑（衡齋）跋一篇，以駢體文書成。

有同治八年原刊本，上海醫學書局石印本、詞話叢編本（覆同治刊本）等。

憩園詞話　六卷

杜文瀾撰

文瀾字筱舫（或作小舫），秀水人。嘉慶二十年生，官至江蘇道員署兩淮鹽運使，曾國藩甚倚重其才。所著除是編外，有曼陀羅華閣瑣記、平定粵寇記略、古謠諺、采香詞、詞律校勘記等。所爲詞頗寓感慨，張德瀛評其詞：「如四壁秋蛩，助人歎息。」光緒七年卒，年六十七。

杜氏以時人詞話類皆評白唐、宋舊詞，所輯近詞甚少，又皆詳於話而略於詞，載全闋者尤罕覯；遂就同人所撰新詞，或已刊行，或存稿本，均爲摘錄，並其人之字籍、宦途與平時交誼，亦備書之；更有同輩商榷之作，及平生游歷有涉於長短句者，附爲紀述，因彙爲斯編。

凡六卷。卷一論詞三十則，或敍歷代詞學之源流，或評前人用韻之得失，或校刊詞律之脫誤，或摘錄前輩論詞之語，並略作評隲。卷二至卷末皆錄時人之詞，兼及其事，率皆錄其全闋，並詳敍其人之生平始末，堪爲後世研究清詞及清代詞家參考之資。計卷二錄周稚珪等凡十八家詞，卷三錄李眉生等凡十四家詞，卷四錄秦瀶如等凡二十九家詞，卷五錄朱酉生等凡十七家詞（重錄一），卷六錄劉辰孫等凡四十二家詞（重錄十五、三錄二），合之，恰滿一百二十家之數。附錄爲紀事詞八則，紀其平生游歷所作，或狀景物之奇，或敍友誼之篤，皆未經刊入詞集而可入詞話者。

卷一所論，於前人詞律、詞韻、詞選、詞話，多予置評，並於精要之處，有所采擇。如於陽羨萬氏紅友詞律，謂其書雖不免尚有遺漏舛誤，而能於荊棘之內，力闢康莊，故譽之爲詞家之正軌。於詞韻之書，謂晚翠軒、學宋齋皆非善本，卽秦氏所刻葇斐軒，雖非僞造，實爲曲韻，亦難引用；惟戈順卿詞林正韻，雖其中尙有可議之處，然考訂精詳，洵可傳世云云。凡此皆屬持平之論。至前人詞選、詞話之作，於周止庵宋四家詞選及介存齋論詞雜著、張玉田詞源、孫月坡詞逕等，皆有所評。謂止庵詞選，抉擇極精，所論亦深得詞中三昧，並錄其原序，謂爲閱歷甘苦之言；又摘錄其論詞雜著語七則（案自稱六則，實爲七則），謂持論極高，閱之自增見地云。於玉田詞源，謂其審音擇律，深抉本源，所惜言之未詳，宮調未能顯播。於月坡詞逕，采錄凡十則，謂皆切脈近理、深造有得之語。

杜氏亦頗精於校勘，除別有詞律校勘記一書行世外，是編卷一第二十八則載其校正詞律脫誤者凡十八處。惟亦不免仍有疏略，武陵陳仲弢著𡨴碧齋詞話，嘗爲訂正。

至杜氏論詞之旨，卷一第二十五則引王弇州說：詞須宛轉綿麗及唐詞日金荃、蘭畹，皆取香弱二條，謂「余論詞不敢主蘇、辛之豪渾，此二說實獲吾心。」故知杜氏論詞，蓋亦以婉約爲宗者也。卷二至卷末所錄時人近詞，專以協律爲主，否則，詞雖佳，亦從割愛云，於此足見杜氏頗重協律。其中以所錄湘鄉曾文正公浪淘沙詞六闋，最堪珍貴，蓋曾氏以大儒爲淸室中興名臣，於詩、文、輓聯，皆所精詣，惟詞絕不留意，杜氏依侍曾氏日久，故能獨得其偶作錄之，實所僅見。觀所錄曾詞，雖口占之作，然氣度迥不侔人。

杜氏晚歲爲歸老計，嘗於里居闢地數畝，累石疏池，小葺亭榭，顏曰「憇園」，是編亦以憇園爲題，故知蓋其晚年之筆也。

案是編向無刊本，原鈔本嘗經潘鍾瑞、費念慈兩家校訂，詞話叢編所刊，卽據此采錄者。

賭棋山莊詞話　十二卷・續詞話五卷

謝章鋌撰

章鋌字枚如，福建長樂人。光緒三年丁丑進士，官內閣中書，後大吏聘爲致用書院山長。工詩文詞，閩縣劉存仁（炯甫）序其詞話，謂其詩「騷情掩抑，一絃一心，如老鶴孤唳，幽蘭獨笑。」其文「峭厲廉悍似韓非，連忭詼譎似蒙叟。」若詞則「豪放是其本色」。（冒鶴亭語）「如古木拳曲，未加繩墨。」（張德瀛詞徵評）所著詞曰酒邊詞，別有賭棋山莊文集十一卷、詩集十四卷、詞集八卷。

有清一代，詞話卷帙之富，丁杏舲聽秋聲館詞話而外，厥惟謝氏斯編。丁氏惟以校讎見長，殊少議論風發、評隲精審之言，謝氏此書，則議論、評隲，皆有其精到之處，且所論包羅甚廣，凡紀事、品藻、論斷、考訂、探討詞旨、網羅散佚、捃摭遺聞、旁采近什，皆所措意，其宏富詳審，非惟清代詞話之善本，抑且爲前代所罕覯者。

是編初得一卷，其後陸續纂著，積年累月，編輯漸多，遂至十二卷之數，後又加入續編五卷，合之十七卷。卷前有咸豐建元閩縣劉存仁序及光緒甲申自序各一篇，是知斯編自初著筆至書成，歷咸豐至光緒凡達三十餘年，用力可謂精勤矣！

前十二卷共錄詞話凡二百零八則，續詞話五卷凡一百二十二則，都三百三十則。每則均頂格書之，其有同紀一人之事，或續論一家之詞者，則低一格書之。

其分卷之由，亦如聽秋聲館詞話，第以篇帙之多，蓋隨手纂輯，又隨手纂補，故不分先後也。

至其論詞之旨，以得性情之眞爲主，以推究音律爲上乘，嘗謂「推究音律，倚聲家之最上乘也。」然又謂「與其精工尺而少性情，不若得情性而未精工尺。」蓋詩與詞，其體雖異，其源則一，詩緣乎情，詞亦緣情之作也，謝氏以性情爲本，可謂灼論。又主雅而得趣，其言曰：「詞宜雅矣，而尤貴得趣。雅而不趣，是古樂府；趣而不雅，是南北曲；李唐、五代多雅趣並擅之作。」亦屬有見。

其評論詞家，以歐、晏、秦、姜、高、史爲正宗，亦崇蘇、辛，於耆卿、魯直、夢窗、竹山諸家，則微抑之。其言曰：「歐陽、晏、秦，北宋之正宗也；柳耆卿失之濫，黃魯直失之傖。白石、高、史，南宋之正宗也，吳夢窗失之澀，蔣竹山失之流。若蘇、辛自立一宗，不當儕於諸家派別之中。」又曰：「晏、秦之妙麗，源於李太白、溫飛卿；姜、史之清眞，源於張志和、白香山；惟蘇、辛在詞中則籓籬獨闢矣！讀蘇、辛詞，知詞中有人，詞中有品，不敢自爲菲薄。」所論或不盡然，而亦有其卓見。

至於清代詞人，特推崇朱竹垞、陳迦陵與納蘭容若。謂「長短調並工者難矣哉！國朝其惟竹垞、迦陵、容若乎！竹垞以學勝，迦陵以才勝，容若以情勝。」所評堪稱精要。

又卷中於前人所著詞話，多所評白。如於張玉田詞源，謂其論詞精湛。於楊升菴詞品詞名多取詩句之說，謂「率皆附會，屢爲箏叢辨駁，然大體極有可觀。」於劉公勇七頌堂詞繹、王阮亭花草蒙拾、鄒程村遠志齋詞衷，謂爲「金鍼暗度」，並錄其論詞之警句。於徐虹亭詞苑叢談，謂「采摭宏富，為倚聲家所必讀之書。」於李羹堂雨村詞話，謂其「所論率非探源，沾沾以校讎自喜，且時有剿說，更多錯繆。」於郭詳伯、楊伯夔所撰詞品，譏其拘牽膠柱。於丁杏舲聽秋聲館詞話，謂「采摭甚勤，校讎律譜，亦復精審。」於劉融齋藝概，謂「其言雖或有陳說，或有可議，然精審處不少，不可廢也。」凡此或褒或貶，大體可取。

又卷中采輯散佚之處最為特殊者，厥惟蒐羅當時詞人之詞集，一一記其集名，並錄其佳篇，除陳其年迦陵詞三十卷，戈寶士翠薇花館詞二十七卷等卷帙最為繁富者外，餘多卷數寥寥，既無全集可以附麗，別本孤行，最易消失，故所錄今多不傳者，猶賴此以存其概略，則謝氏之功，不可泯焉。所錄詞集，於續編三錄江都秦敦夫（恩復）享帚詞四卷等凡二十二部，續編四錄仁和孫雪帷（錫）雪帷韻竹詞等凡十七部，都三十九部，皆當時所罕傳者，今則益為湮沒矣！

有光緒甲申南昌刊本、詞話叢編本（覆光緒刊本）等。

菌閣瑣談　一卷

沈曾植撰

曾植字子培，號乙盦，又號巽齋，晚號寐叟，嘉興人。道光三十年生，光緒六年庚辰進士，歷官安徽布政使，刑部主事，居刑曹凡十八年，專研古今律令書，遂有漢律輯補、晉書刑法志補之作。為學兼綜漢、宋，尤深於史學，後專治遼、金、元三史。學問淹博，詩詞雖其餘事，亦皆卓然成家，所著詩集曰海日樓集，詞集曰曼陀羅寱詞。如皋冒鶴亭謂其詞「殊有玉田之神，蓋浙西詞派然也。」民國十一年卒，年七十三。

是編凡一卷，十八則，卷中於前人論詞之說多所評述。如謂賀黃公皺水軒詞筌多俊語而確守弇州規範。謂弇州以唐詞名金荃、蘭畹而攝之以香弱二字爲善於侔色揣稱。謂劉公勇「詞須上脫香奩，下不落元曲，乃稱作手。」爲一時名語。謂漁洋花草蒙拾「偶然涉筆，殊有通識。」謂前人論詞精當者，止庵而後，莫若融齋；而得宋人詞心處，融齋較止庵眞際尤多云云。所言堪稱允當。

評騭詞家之處不多，惟於易安備極稱道。謂「易安跌宕昭彰，氣調極類少游，刻摯且兼山谷，篇章惜少，不過窺豹一斑，閨房之秀，固文士之豪也。才鋒大露，被謗始亦因此；自明以來，墮情者醉其芬馨，飛想者賞其神駿，易安有靈，後者當許爲知己。」

又卷中論及歐公者凡六則，謂其詞名近體樂府，周益公詞亦名近體樂府，二公同籍吉州，同謚文忠，事業文章，後先照耀云。又謂醉翁琴趣頗多通俗俚語，殆所謂小人僞作，託爲公詞者；然琴趣中於山谷諢詞，皆汰而不錄，醉翁僞作，則一無所汰，頗致其疑。

嘗名其寓樓曰「菌閣」。菌者，香草之名；菌閣者，菌美之閣也；蓋用謝朓游東田詩：「尋雲陟累榭，隨山望菌閣」之意，亦以名其書。

是編卷帙不多，皆屬「瑣談」之語，蓋亦「偶然涉筆」者也，然亦不無見地。

有舊鈔本、海日樓遺著本、詞話叢編本（覆舊鈔本）等。

芬陀利室詞話　三卷

蔣敦復撰

敦復字克文，一字劍人，號純甫，寶山人。喜談大略，嘗以策干楊秀淸，不能用，遂遍歷南北。後筆耕江、浙，亂後，渡江棄家，易緇服，遁居南滙，法名妙喜（或曰妙塵），又號鐵和尚，後復儒冠。工詞，初宗南宋，以空靈婉約爲主，嘗刻綠簫、碧田二集；碧田者，蓋宗師碧山、玉田也。後乃力追南唐、北宋諸家，又精研音律，著有樂律指南。嘗自謂著作三萬餘言，非至精、至當不敢出以問世，故生前既少成書，身後亦多散佚，今惟是編及嘯古堂詩、嘯古堂文集、芬陀利室詞等傳世。

是編卷數，據蔣氏嘯古堂文集自序稱有八卷，今傳於世者，僅得此三卷，卷末附署名滕固者跋曰：「疑八卷乃預擬之數，未及於生前殺青耳。」此說或然。

卷中論詞，有深得詞中妙旨者，厥惟「有厚入無間」一語。武進湯雨生謂董晉卿每云：「詞以無厚入有間」，此南宋及金、元人妙處；蔣氏所言，乃唐、五代、北宋人不傳之秘云。他如：「昔人論作詩，必有江山、書卷、友朋之助，卽詞何獨不然？不讀萬卷書，不行萬里路，不交萬人傑，無胸襟，無眼界，囁嚅齷齪，絮絮效兒女子語，詞安得佳？」亦爲深論。

蔣氏頗以其「有厚入無間」爲獨得神悟之語，凡自作詞，或論及詞家，均以此爲準繩。以爲作詞當從玉田入手，然專學玉田，易流於空滑，當以夢窗救其弊，繼而力追南唐，北宋諸家，所謂有厚入無間者，然後庶幾得之。又評南宋諸家云：「余所云有厚入無間者，南宋自稼軒、夢窗外，石帚間能之，碧山時有此境，其他卽無能爲役矣！」此誠蔣氏一家之言也。

又卷中於竹垞詞綜之疎漏，萬氏詞律之謬誤，亦多所辨正，堪爲二氏之諍友。而卷三第四則記：「秦雪舫郎中晚年欲究倚聲之學，余告以：月坡，今之玉田；月坡則曰：沈博豔麗，悱惻芬芳，詞壇飛將，安得不推老劍」等語，則未免有相互標榜之嫌。

卷一二十六則，卷二二十一則，卷三二十五則，合七十二則。所論多屬近人、近事、近詞，間及前代，亦因論近人而起，或與近詞、近事雜敍。

卷前有光緒十一年吳郡王韜序，王氏刊行此書時，蔣氏業已作古，故序中語多寄其深慨焉。卷末附有署曰「邑後學滕固」者識語，除於是編卷數致其疑意外，又考辨卷中所記失誤之處三。據寶山縣志官師表，考田若谷嘗三知寶山，嘉慶十七年去任，時蔣氏方五歲，而卷一第一則記「嘉慶末始識陽湖周保緒先生於田若谷邑宰署中」云云，滕氏以爲：「殆其晚年追敍時所誤記，或嘗見於他處。」此其一。又卷二第一則引姚梅伯序其詞云：「諸公方弓刀乞貴，我輩猶花月言愁」。滕氏據姚氏手寫稿，謂「花月言愁」四字，原作「脂粉蘸窮」。此其二。又卷二第十三則載沈小梅爲夢唐先生猶子，滕氏檢李申耆撰沈先生傳，謂夢唐當作夢塘。此其三。

案是編八千卷樓書目著錄作「國朝蔣賓復撰」，賓字當爲敦字之誤。

有光緒十一年刊本（長洲王韜仲弢校）、詞話叢編本（覆光緒刊本）、詞話叢鈔本等。

白雨齋詞話　八卷

陳廷焯撰

廷焯字亦峯，丹徒人。咸豐三年生，舉光緒十四年戊子科鄉試。少爲詩，一以少陵爲宗，此外不屑道。年近三十，復好爲詞，探索既久，乃有所悟。所著除是編外，尚有詞彙，王耕心序其詞話，謂詞彙一書，「深永超拔，已足上摩宋賢之壘」云。又嘗選詞則四集，都二十四卷。取唐迄淸詞之雅正者，滙爲一集，名曰大雅；取其縱橫豪宕之作，名曰放歌；取其盡態極妍之作，名曰閒情；取其爭奇鬪巧之作，名曰別調。又有希聲集六卷，所以存詩。光緒十八年卒，年僅四十。

是編於陳氏卒時，尚未付梓，然已有定稿，後二年，其門下士海甯許守之等，始爲刋行。卷前有序三篇，其一光緒十九年正定王耕心撰，其一光緒二十年歷城汪懋琨撰，其一光緒十七年陳氏自撰。故是編蓋成書於光緒十七年，而梓行於光緒二十年。

凡分八卷，共錄論詞之語達六百七十六則。各卷所錄，蓋隨時纂輯而成，第評某家詞者聚錄一處耳。所論泰半皆品評詞家之語，於詞中旨趣、音韻，間亦作探源辨流之論。

其論詞蓋推本風騷，一歸於溫柔敦厚之旨。自序溯詞之源流云：「……飛卿、端已，首發其端，周、秦、姜、史、張、王，曲竟其緖，而要皆發源於風雅，推本於騷辯，故其情長，其味永，其爲言也哀以思，其感人也深以婉。」又述其撰著是書之意旨云：「蕭齋岑寂，撰詞話八卷，本諸風騷，正其情性，渾厚以爲體，沈鬱以爲用，引以千端，衷諸一是，非好與古人爲難，獨成一家言，亦有所大不得已於中，爲斯詣綿延一線。」觀此可以知是書旨趣之所在及陳氏扶輪大雅、綿延絕緒之苦心孤詣矣！

本此意趣，故於卷一第三則論曰：「作詞之法，首貴沈鬱，沈則不浮，鬱則不薄。顧沈鬱未易強求，不根柢於風騷，烏能沈鬱？十三國變風，二十五篇楚辭，忠厚之至，亦沈鬱之至，詞之源也；不究心於此，率爾操觚，烏有是處？」其全書中心論旨，胥在於是。凡所品評，亦悉以此爲準則，其詞旨渾厚沈鬱者，皆予推許，否則不爲所取。

於唐代詞家，特崇溫飛卿，謂「唐代詞人，自以飛卿爲冠。」蓋「飛卿詞全祖離騷，所以獨絕千古」也。五代詞人，於馮正中最爲推許，謂「馮正中詞，極沈鬱之至，窮頓挫之妙，纏綿忠厚，與溫、韋相伯仲也」。

評兩宋名家，以清眞、少游、白石、碧山爲詞中四聖；或去少游，別稱詞壇三絕。其言曰：「詞法莫密於清眞，詞理莫深於少游，詞筆莫超於白石，詞品莫高於碧山，皆聖於詞者。而少游時有俚語，清眞、白石，間亦不免，至碧山乃一歸雅正，後之爲詞者，首當服膺勿失。」又曰：「詞法之密，無過清眞；詞格之高，無過白石；詞味之厚，無過碧山；詞壇三絕也。」

於北宋蓋盛推清眞爲大宗，謂「詞至美成，乃有大宗，前收蘇、秦之終，後開姜、史之始，自有詞人以來，不得不推爲巨擘，後之爲詞者，亦難出其範圍。然其妙處，亦不外沈鬱頓挫，頓挫則有姿態，沈鬱則極深厚。既有姿態，又極深厚，詞中三昧，亦盡於此矣！」於柳耆卿、黃魯直二家，則頗致抑辭，謂耆卿詞「意境不高，思路微左，全失溫、韋忠厚之意。」評黃魯直：「黃九於詞，直是門外漢，匪獨不及秦、蘇，亦去耆卿遠甚。」

於南宋蓋以白石、碧山爲冠，而尤瓣香碧山。其崇白石之言曰：「姜堯章詞，清虛騷雅，每於伊鬱中饒蘊藉，清眞之勁敵，南宋一大家也。」於碧山則曰：「王碧山詞，品最高，味最厚，意境最深，力量最重，感時傷事之言，而出以纏綿忠愛，詩中之曹子建、杜子美也；詞人有此，庶幾無憾！」又曰：「論其詞品，已臻絕頂，古今不可無一，不能有二。」可謂推崇備至矣！又嘗以碧山與前此諸家比論，而益以碧山爲尊，謂「白石詞雅矣正矣，沈鬱頓挫矣，然以碧山較之，覺白石猶有未能免俗處。」又謂「少游、美成，詞壇領袖也，所可議者，好作豔語，不免於俚耳，故大雅一席，終讓碧山。」蓋以碧山得醇厚騷雅之正，故盛許爲兩宋詞人之冠冕。

論詞之家，每以蘇、辛並稱，咸謂二家各有優長，未易軒輊，然周止庵宋四家詞選至列東坡於稼軒之下，入於附庸，亦峯獨反其說云：「蘇、辛並稱，然兩人絕不相似。魄力之大，蘇不如辛；氣體之高，辛不逮蘇遠矣！東坡詞寓意高遠，運筆空靈，措語忠厚，其獨至處，美成、白石亦不能到。昔人謂東坡詞非正聲，此特拘於音調言之，而不究本原之所在，眼光如豆，不足與之辨也。」所見極爲精審。

詞至於元、明，日就衰靡而亡矣，以「沈鬱頓挫」四字繩之，元、明詞人，無有當其意者，故置而不論。至清，詞學振興，於清初詞家，獨推陳迦陵爲巨擘，謂所作詞「沈雄俊爽，論其氣魄，古今無敵手，若能加以渾厚沈鬱，便可突過蘇、辛，獨步千古。」大體允當。至於淸末詞家，則極推莊中白，謂其詞「匪獨一代之冠，實能超越三唐、兩宋，與風、騷、漢樂府相表裏，自有詞人以來，罕見其匹，而究其得力處，則發源於國風、小雅，胎息於淮海、大晟，而寢饋於碧山也。」此則不免有溢美之處。

以上所論，皆以推本風騷，一歸於雅正爲尙，所謂「渾厚以爲體，沈鬱以爲用」者也。此外，卷八第三十一則曰：「無論詩古文辭，推到極處，總以一誠爲主，杜詩、韓文，所以大過人者在此，求之於詞，其惟碧山乎！」此條以誠立言，蓋亦本於雅正之旨，爲其論詞之又一特色。

又嘗有精微之論云：「白石、仙品也；東坡、神品也，亦仙品也；夢窗，逸品也；玉田、雋品也；稼軒、豪品也；然皆不離於正。」其尤妙者曰：「東坡詞全是王道，稼軒則龢有霸氣，然猶不悖於王也，其年則竟似老瞞、石勒一流人物，板橋、心餘輩，不過赤眉、黃巾之流亞耳。」

其論詞又有一特殊之處，卽頗致意於詞學前後遞嬗演變之迹，如謂：「張子野詞，古今一大轉移也。前此則爲晏、歐，爲溫、韋，體段雖具，聲色未開；後此則爲秦、柳，爲蘇、辛，爲美成、白石，發揚蹈厲，氣局一新，而古意漸失，子野適得其中，有含蓄處，亦有發越處。」又：「秦少游近開美成，導其先路，遠祖溫、韋，取其神，不襲其貌，詞至是乃一變焉。」又：「詞至美成，乃有大宗，前收蘇、秦之終，後開姜、史之始。」凡此所論，皆深具詞學史家之卓識。

於詞選本盛讚張惠言所選，謂「張氏詞選，可稱精當，識見之超，有過於竹垞十倍者，古今選本，以此爲最。」於孫默卿所編清初十六家詞，則謂其「去取太不當人意。」尤於華亭夏秉衡所選清綺軒詞選，大肆抨擊，謂「大半淫詞穢語，而其中亦有宋人最高之作，涇渭不分，雅鄭並奏，良由胸中毫無識見，選詞之荒謬，至是已極！」

大抵其所持論，不失純正，尤可貴者，類皆不爲流俗所羈紲，卓然自成一家之說。其說蓋遙本常州，常州一派，自皋文之興，數十年後，而有譚復堂、莊中白，亦峯嘗師事莊氏，且於莊氏爲戚黨，故得其啓沃尤多。然亦峯之言，未嘗盡守常州師說，常州派如周止庵於白石頗有抑詞，亦峯則推崇白石，此亦峯論詞卓犖不羣之處。

有光緒二十年甲午原刊本、上海文瑞樓石印本、詞話叢編本（覆光緒刊本）、開明書店印行本（據光緒原刊本校印）等。

歲寒居詞話　一卷

胡薇元撰

薇元字時舲，晚年自號跛翁，山陰人。生平始末，無可詳考。

是編惟一卷，論詞凡三十八則。卷中論列，有與他家詞話體例異趣者，即論及某家，必先錄其所著詞集之名，並其人之字號，里貫及生平略歷，然後論其詞之風格，評隲其得失；其未有詞集者，則直敍其事、評其詞焉。所評詞家，自北宋晏元獻迄明人王元美凡三十一家，其中第二十七則係敍述王晦叔碧鷄漫志一書之梗概，非評論詞家者。

書中稱引之例，復有不同者。或先書其人，繼稱其詞集，如「晏元獻殊珠玉詞」、「柳永耆卿樂章詞」之類。或先書詞集，後言其作者，如「淮海詞一卷，宋秦觀少游作」、「山中白雲詞，張炎玉田撰」之類。或但書詞集，不著撰人者，蓋詞集即以撰者之名爲題，故不煩表出，閱者一覽可知也，如「東坡詞一卷」、「山谷詞一卷」之類。或先略述詞家之時代、里貫、身分，而後稱引其詞集者如「南、北宋之際，有趙明誠妻李清照所作漱玉詞」、「海甯朱淑眞乃文公族姪女，有斷腸詞」之類。評述兩宋詞家，至朱淑眞而止。元詞家有仇山村、吳幼卿、汪大有三家。明詞家有楊升菴、王元美二家。第三十三及三十四兩則，合評清初詞人吳駿公、朱竹垞、陳迦陵、納蘭容若諸家。末四則泛論詞韻及宮調諸事。

是書體製，可謂別創一格。至卷中所論，大多爲前人所已言之者，故殊乏高見。惟評清初詞家曰：「竹垞、其年、容若，鼎足詞壇。陳天才豔發，辭鋒橫溢；朱嚴密精審，超詣高秀；容若飲水一卷，側帽數章，爲詞家正聲，散璧零璣，字字可寶。」與謝枚如論旨相近，堪稱允當。他如辨證之處，亦有可取者，若辨歐陽永叔六一詞中多淺近之作，以歐公知貢舉時，不取怪異之文，下第舉子劉輝等忌之，遂作醉蓬萊、望江南詞，雜刊集中以謗之。辨李易安家藏珍貴書畫極夥，夫死，戚友李心傳、趙彥衞謀奪不得，遂造爲蜚謗，誣其再適駔儈，雲麓漫鈔、建炎以來繫年要錄，即彥衞、心傳之筆，而謂小人不樂成人之美如此。又辨世傳朱淑眞生查子一詞，見六一集，或誤爲淑眞之作，遂誣以桑濮之行，指爲白璧微瑕。凡此雖前人辨之者已多，而胡氏紀之甚詳，辨之甚明，振振有辭，足爲三家湔洗千古之誣。

又第十五則評吳夢窗詞，引張炎樂府指迷語，猶沿襲舊誤，不知張氏未嘗著樂府指迷，其書乃後人以詞源下卷與元陸輔之詞旨湊合而成，四庫提要已辨之，其後辨者亦多，胡氏不知，何閱歷之淺也！是其一失。然辨夢窗甲乙丙丁四稿，非以年編次，蓋依十干編集，至丁稿而止，則足以澄清前人之異說。

據卷前胡氏自序，是編成於「驕陽烈日，炎威溽暑中」，而題曰歲寒者，蓋「心與境異也」。序自謂欲「以此上友古人，上論古人之樂章，辨緣情造端、意內言外之正變源流，蓋亦有深造自得，非尋常移宮換羽者之所知矣。跛翁之論詞，大旨蓋如是，遂拈髯而自爲之序，並質之地下熙亭老友，知玉津猶保此歲寒也。」觀其自許頗高，而所論似有未稱。自稱「拈髯爲序」，又序末署明「時年七十有一」，是斯編蓋胡氏晚年之作也。

有玉津閣叢書本（甲集所收）、詞話叢編本（覆玉津閣本）等。

詞徵　六卷

張 德 瀛撰

德瀛字禺麓，里貫及生平事略未詳，蓋清末民初時人。

是編凡六卷，卷一七十八則，泛論詞體之流變，歷溯詞調之原始，評述詞選之優劣，補注前人之闕漏。張氏博覽強記，故所論有超出前人之處，如「詞者意內而言外」一語，世皆以爲始自許愼說文，張氏乃謂漢孟喜所撰周易章句已有意內言外之語，故知此語實始於孟氏。又漢書禮樂志載：「武帝定郊祀之禮，乃立樂府。」而嚴滄浪謂漢成帝定郊祀、立樂府。王漁洋謂樂府之名，始於漢初。張氏復考孝惠二年夏侯寬已爲樂府令，遂謂樂府不始於武帝，劉彥和謂武帝崇禮，始立樂府者，蓋據漢志言之，其說頗堪爲考證家所取資。又徐虹亭詞苑叢談一書，世稱精博，然所採多不注書目，是其一失，張氏遂就書中未經注出者，爲之補注，計補其體製篇七則，音韻篇一則，品藻篇九則，紀事篇二十五則，諧謔篇一則，外篇二則，都三十五則。

卷二凡二十四則，卷三凡三十則，詳論樂律、宮調之事，或敍述韻書之沿革及各家詞韻之得失。又以詞品載用字之法，所收太濫，苦無區別，因補綴之，共得六十二條。

卷四類列自五代迄明諸家詞集及詞選之具存於世者。所列詞集計五代馮延嗣陽春集等凡一百三十五種（其中五代一種，宋一百零八種，金四種，元十四種，明八種），所列詞選計蜀趙崇祚編花間集等凡十六種（其中五代一種，宋九種，金一種，元二種，明二種），每條下均附注其版本，頗足爲後人研究書目及蒐輯詞籍者之參考。

卷五凡七十八則，或品評兩宋詞人，或紀述詞家故實，間亦涉及考證，如因蘇東坡赤壁懷古詞引據顧起元赤壁考，謂屬嘉魚者乃周瑜敗曹之地，宋謝枋得猶於石壁見「赤壁」二字云。至品評詞家之處不多，惟於北宋詞家，以晏同叔、蘇東坡、周美成、秦少游、晁旡咎五家爲宗主，其言曰：「同叔之詞溫潤，東坡之詞軒驍，美成之詞精邃，少游之詞幽豔，旡咎之詞雄邈，北宋惟五子可稱大家。」

又此卷所論有最堪注意者，爲重視詞人之品節，如第五十五則論朱希眞詞品高潔，惜守節不終，貽譏國史。第六十則述康與之高宗時獪上中興十策，洞悉利弊，孝宗朝乃至應制爲詞，諂諛乞進，遂痛斥其敗行。所論足爲後世文士之不矜晚節者戒。

卷六凡五十則，多屬雜論、紀事之辭，所紀以淸代詞家之事居多。其中最特殊者爲第五則倣陸行直詞旨摘樂笑翁警句之例，錄張蛻巖警句如踏莎行句：「碧雲江雨小樓空，春光已到銷魂處」等凡十條，皆琅然可誦。又第四十七則倣洪稚存評隲同時詩人、涵虛子評隲元代曲家之意，亦以八字括評淸代詞家張皋文等凡七十五家，復補評俞蔭甫（樾）及譚仲脩（獻）二家，共七十七家，並各以小字附注其人之里貫及所著詞集之名，如注張皋文曰：「武進人，有茗柯詞」等；所評雖間有切當處，然未足深信，僅可聊備一格耳。

合六卷計之，共得二百六十四則，堪稱詳備矣！

有民國十一年刊本，詞話叢編本（覆民國十一年刊本）。

蕙風詞話　五卷

況周頤撰

周頤原名周儀，以避宣統諱，改儀作頤，字夔笙，號蕙風，廣西臨桂（原籍湖南寶慶）人。咸豐九年生，光緒五年己卯舉人，官內閣中書。工倚聲，與王幼遐、朱彊邨諸人爲唱和友，才名藉甚。兩江總督張之洞、端方嘗先後延之入幕。民國後未仕，居滬，鬻文爲生。民國十五年卒，年六十八。有詞九種，合刻爲第一生修梅花館詞，後又删定爲蕙風詞一卷，其門人趙尊嶽爲刋於蕙風詞話後。

是編蓋況氏晚年論詞之作，卷末有其受業弟子武進趙尊嶽跋，作於甲子年（卽民國十三年），跋語有曰：「先生舊有詞話，未分卷。比歲鬻文少暇，風雨篝燈，輒草數則見眎，合以舊作，自釐訂爲五卷。」故是編之作，蓋頻年積累而成者。

卷一六十一則，卷二一百零二則，卷三七十九則，卷四四十二則，卷五四十一則，合三百二十五則，篇帙可謂宏富矣！大抵卷一多論作詞之法則，卷二以下，或品評、或紀事；其中卷二以評紀宋人者居多，卷三金、元人居多，卷四多涉辨證，卷五則多紀明、清人。

況氏畢生以詞爲專業，寢饋其間者凡五十年，故於詞造詣特深，凡所品評，每多精闢之言，不刋之論。如謂：「作詞有三要：重、拙、大。南渡諸賢不可及處在是。」重者沈著之謂，在氣格，不在字句。」蓋以重爲輕之反，拙爲巧之反，大爲纖之反，於斯三者，當知所戒；而三者之中，尤以重之一字，爲其論詞旨趣之所在。嘗曰：「塡詞先求凝重，凝重中有神韻，去成就不遠矣！」又曰：「詞學程序，先求妥貼停勻，再求和雅深秀，乃至精穩沈著；精穩則能品矣，沈著則更進於能品矣！」又曰：「平昔求詞句外，於性情得所養，於書卷觀其通，優而游之，饜而飫之，積而流焉，所謂滿心而發，肆口而成，擲地作金石聲矣。情眞理足，筆力能包擧之，純任自然，不假錘鍊，則沈著二字之詮釋也。」故知其論詞大旨，蓋重書卷醞釀，性靈流露，情意眞切而措語自然，以是乃能深造乎精穩沈著之候矣！

卷中論學詞之逕曰：「唐、五代至不易學。天分高，不妨先學南宋，不必以南宋自畫也；學力專，不妨先學北宋，不必以北宋鳴高也。詞學以兩宋爲指歸，正其始，毋歧其趨可矣！」蓋自其生平得力之處，所以示學者致力之途也。論及詞中轉折，有至妙之言曰：「詞中轉折宜圓。筆圓，下乘也；意圓，中乘也；神圓，上乘也。」此外，舉凡作詞、讀詞、改詞之法，皆有精論，所言莫非其性靈、學問、襟抱之夐異乎人者。

凡所品評，亦多精審愜當，然於唐、宋以來諸大家，絕少作論定之語，惟於東坡、稼軒、夢窗及納蘭容若頗予佳評。謂「東坡、稼軒，其秀在骨，其厚在神。初學看之，但得其粗率而已，其實二公不經意處，是眞率，非粗率也。」所言至當。於夢窗則曰：「夢窗密處，能令無數麗字，一一生動飛舞，如萬花爲春，非若琱璚蹙繡，豪無生氣也。如何能運動無數麗字？恃聰明，尤恃魄力。如何能有魄力？惟厚乃有魄力。夢窗密處易學，厚處難學。」其說與王靜安異趣，王氏不喜夢窗，故所論絕少及之，僅謂「夢窗之詞，今得取其詞中之一語以評之曰：『映夢窗，凌亂碧。』」亦玉田所謂「七寶樓臺，眩人眼目，碎拆下來，不成片段」之意。蓋王氏重意境而況氏以沈著厚重爲貴，故所見不同耳。於容若則許爲「國初第一詞人。」又謂「其所爲詞純任性靈，纖塵不染，甘受和，白受采，進於沈著渾至何難矣！」蓋貴其得乎性靈之眞，足以造乎沈著之厚也。

卷四辨證朱淑眞生查子柳梢月上之誣，不煩詳徵博引。首迹其生平，復據集中詩比勘事實，證其志節皦然，又得淑眞手書殘石拓本，摘錄世說賢媛一門，無非懿行嘉言，歷歷引證。更以是詞載歐公廬陵集，宋曾慥樂府雅詞、明陳耀文花草粹編並作永叔，謂「慥錄歐詞特愼，雅詞序云：『當時或作豔曲，謬爲公詞，今悉刪除。』此闋適在選中，其爲歐詞明甚。」夫自升庵而後，淑眞受誣久矣！惟紀氏四庫提要及況氏是編乃力爲辨白，足爲賢媛昭雪於千古！

綜全書觀之，所言作詞之法則，學詞之途徑，皆切脈近理，不馳騖高深；評論詞家，皆持平愜當，不徒泥章句；要皆其平生備歷甘苦、深造有得所致，故論之精審如此！則是編堪爲近代詞話之善本，宜乎朱彊邨氏推之曰：「自有詞話以來，無此有功詞學之作」也。

有惜陰堂叢書本、世界書局景印本（據惜陰堂本景印）。又世界書局復以是編與蕙風詞及忍寒居士所編近三百年名家詞選合刻，收入該局所輯四部刊要詞學叢書內。

(2) 專論詞之法則者

窺詞管見　一卷

李　漁撰

漁字笠翁，錢塘人。明神宗萬曆三十九年生，淸康熙時流寓金陵，能爲唐人小說，尤精譜曲，時稱李十郎，有笠翁全集。其所著傳奇有風箏誤等十餘種；長於韻學，著有笠翁詩韻；論戲曲之說亦頗精湛，見閒情偶寄一書。康熙二十四年卒，年七十五。

是編附見笠翁全集，專論作詞之法則，凡一卷，二十二則，每則均標以數字，如「第一則」、「第二則」等。

案是編論作詞之法則，頗爲詳審精當，舉凡如何摹腔鍊吻？如何取法于古？如何求語意字句之新？如何布景抒情？如何求其前後一氣、明白如話？如何發端？如何煞尾？如何審韻？並詞中種種應避忌之處，皆一一拈出，詳爲解說。

所論精當之處，如第五則論語意字句之新曰：「文字莫不貴新，詞爲尤盛，不新可以不作；意新爲上，語新次之，字句之新又次之。」又曰：「同是一語，人人如此說，我之說法獨異，或人正我反，人直我曲，或隱約其詞以出之、或顚倒字句以出之，爲法不一。」第七則論琢句鍊字當求以理服人，謂「琢句鍊字，雖貴新奇，亦須新而妥，奇而確，妥而確，總不越一理字，欲望句之驚人，先求理之服衆。」第八則論詞不出情景二字曰：「作詞之料，不過情景二字，非對眼前寫景，即據心上說情，說得情出，寫得景明，卽是好詞。」第十二則謂「作詞之家，當以一氣如話一語，認爲四字金丹；一氣則少隔絕之痕，如話則無隱晦之弊。」凡此莫不精切可據，非於詞深造有得、窺其堂奧者，何能語此？

其間亦有因論敍詞之法則，取譬於前人之詞而涉及評隲者，如第四則論取法于古，遂舉唐人菩薩蠻「牡丹滴露眞珠顆」一詞及李後主一斛珠結句「繡牀斜倚嬌無那，爛嚼紅絨，笑向檀郎唾。」而以爲古詞不盡可讀，後人亦能勝前。且深斥前者揉碎花枝之不韻，挼花打人之暴戾；後者猶娼婦倚門腔，梨園獻醜態；且字句淺俗，非雅人詞內所宜。又如第七則論琢句鍊字先求理之服衆，而以「雲破月來花弄影」句爲理之所有，「紅杏枝頭春意鬧」句爲理之所無，謂「爭鬧有聲謂之鬧，桃李爭春則有之，紅杏鬧春，予實未之見也。鬧字可用，則吵字、鬥字、打字皆可用矣！」又曰：「予謂鬧字極俗，且聽不入耳，非但不可加于此句，併不當見之詩詞。」觀此可以見其論詞之旨，蓋力斥淺俗而以溫雅爲高者也。惟「紅杏枝頭春意鬧」句膾炙人口久矣！如劉公勇七頌堂詞繹、王靜安人間詞話，均極道鬧字之卓絕，李氏反謂粗俗，雖屬見仁見智之異，然李氏以鬧爲爭鬧有聲之鬧，殊不知乃熱鬧繁盛之鬧，蓋狀其繁花競放之活潑氣象，然則何粗俗之有？李氏所見之偏如此，亦未免涉于膠固也。

全書論詞之見，除小有瑕疵外，所論作詞之法則，皆極其精審詳備，誠足爲學詞者之津梁。

有笠翁全集本、詞話叢編本（覆全集本）等。

詞逕　一卷

孫麟趾撰

麟趾字清瑞，號月坡，長洲（今蘇州）人。以詞名道、咸間，客金陵西江最久，所得囊貲，盡以刻詞，有秋露、繡鴛、拜玉、說夢等十餘種，晚年又選所作爲零珠、碎玉兩編刻之。嘗選絕妙近詞三卷，譚復堂謂所選多幽澹怨斷之音。又有詞韻指南之作，自謂傳宋人不傳之秘。於詞酷嗜山中白雲，心摹手追，寸步不失，工力積久，具體而微。年六十餘，歸里，家無一椽，僦居委巷中，賣文易粟，取供朝夕。庚申寇亂，以老病死，時咸豐十年。所著詞話，除是編外，據唐圭璋詞話叢編例言所引，尚有一魚庵詞話，惟不見流傳。

編惟一卷，凡三十三則，皆所以示作詞之蹊逕，故名「詞逕」。所論有精湛可取者，如：「學問到至高之境，無可言說；詞之高妙在氣妙，不在字句也。」又如：「深而晦不如淺而明也，惟有淺處乃見深處之妙。」又如：「用意須出人意外，出句如在人口頭，便是佳作。」凡此皆深得詞中三昧之言，杜筱舫愬園詞話嘗錄其十則，推爲切脈近理、深造有得之語。

卷中所論之最爲特殊者，厥爲拈出十六字，題曰「作詞十六字要訣」：曰清、曰輕、曰新、曰雅、曰靈、曰脆、曰婉、曰轉、曰留、曰托、曰澹、曰空、曰皺、曰韻、曰超、曰渾。繼而以數語分別簡釋其義，如釋清字：「天之氣清，人之品格高者，出筆必清；五采陸離，不知命意所在者，氣未清也；清則眉目顯，如水之鑑物，無遁影，故貴清。」又如釋澹字：「花之淡者其香清，友之淡者其情厚，耐人尋繹，正在於此，故貴淡。」言之頗爲精妙。

有江山劉履芬藏本（內有脫葉，脫十六字要訣中澹字一條）、商邱陳凝遠校本、詞話叢鈔本、詞話叢編本（覆陳氏校本，卷末附同治九年江山劉履芬跋及唐圭璋題識）。

論詞隨筆　一卷

沈祥龍撰

祥龍字約齋，婁縣人，餘無可考，蓋清末光緒間人也。

是編凡一卷，錄其論詞之語凡六十一則。卷前有光緒戊戌沈氏題識數語曰：「余偶學倚聲，未諳格律，乃取宋、元以來諸家詞，探究其詣，又歷詢先輩之能詞者，偶有所得，則筆而存之，顧於詞終未能工，亦不欲求其工也。」是知此書乃「偶有所得，則筆而存之」者，故名曰「論詞隨筆」。據其卷前自題，知是編蓋成於光緒二十四年，即戊戌政變之歲也。

沈氏雖自謂「於詞終未能工，亦不欲求其工」，而論詞則頗多精微之見。如論詞之法則曰：「詞有三法：章法、句法、字法也。章法貴渾成，又貴變化；句法貴精鍊，又貴灑脫；字法貴新雋，又貴自然。」論詞之要訣曰：「詞有三要：曰情、曰韻、曰氣。情欲其纏綿，其失也靡；韻欲其飄逸，其失也輕；氣欲其動宕，其失也放。」論詞中起結之法曰：「詞起結最難，而結尤難於起。結有數法：或拍合、或宕開；或醒明本旨、或轉出別意；或就眼前指點，或於題外借形。不外白石詩說所云：辭意俱盡、辭盡意不盡、意盡辭不盡三者而已。」又曰：「詩重發端，惟詞亦然，長調尤重。有單起之調，貴突兀籠罩，如東坡大江東去是。有對起之調，貴從容整鍊，如少游山抹微雲、天黏衰草是。」凡此皆言之精要無倫，非深得詞中三昧者，不足語此！

至其論詞宗旨，以得騷雅爲貴，以自然、含蓄爲尙，又須纏綿悱惻、超曠空靈。其言曰：「詞者詩之餘，當發乎情、止乎禮義。國風好色而不淫，小雅怨悱而不亂，離騷之旨，即詞旨也。」又曰：「詞以自然爲尙。自然者，不雕琢，不假借，不著色相，不落言詮也。」又曰：「含蓄無窮，詞之要訣。含蓄者，意不淺露，語不窮盡，句中有餘味，篇中有餘意，其妙不外寄言而已！」又曰：「詞得屈子之纏綿悱惻，又須得莊子之超曠空靈。蓋莊子之文，純是寄言，詞能寄言，則如鏡中花，如水中月，有神無迹，色相俱空，此惟在妙悟而已！」持論均極高超。又有淸空之說，蓋本自張玉田而猶有所發明，謂「清者不染塵埃之謂，空者不著色相之謂，清則麗，空則靈，如月之曙，如氣之秋，表聖品詩，可移之詞。」

觀其所論，知沈氏此書雖偶有所得，隨筆所紀者，而精言高論，語語透宗，誠可貴也！

有樂志簃集本、詞話叢編本（覆樂志簃集本）等。

(3) 專輯詞家故實者

南州草堂詞話　一卷

徐　釚輯

釚字電發，號虹亭，又號菊莊，晚年歸隱，以漁釣自適，自號楓江漁父，吳江人。明崇禎九年生，清康熙十八年召試博學鴻詞，授翰林院檢討。好古博學，有南州草堂集三十卷。擅長倚聲，有菊莊詞、楓江漁父詞各一卷。所撰詞話，除是編外，又輯詞苑叢談十二卷，援據詳明，頗具鑒裁。又嘗倣孟棨之例，作續本事詩十二卷。清史有傳，列於文苑。康熙四十七年卒，年七十三。

釚所撰詞苑叢談一書，採摭繁富，凡歷代詞家故實及前人論詞之可採者，兼收並蓄，彙成巨製。此書則專紀清初諸詞人之韻事，如朱竹垞、陳迦陵、王漁洋、沈豐垣等，凡有事可紀者，並爲錄入，或因事及詞，或因詞及事，故錄存當時詞人紀事之作甚多。又於民間舊俗有詞紀其事者及閨秀名媛之能詞者，紀存亦夥。前者如紀京師舊俗，婦女多於元宵之夜出遊，摸正陽門釘，以祓除不祥，名曰走橋，亦名走百病，遂引青城集中木蘭花令所詠紀之。後者如紀長沙女子王素音有「可憐魂魄無歸處，應向枝頭化杜鵑」之句，辭旨酸楚，王漁洋嘗用其意作減字木蘭花弔之，遂錄其詞以紀之。

編惟一卷，凡六十六則。雖篇帙不多，然於淸初數十年間之詞林掌故，采錄略備，足供談資云。

有學海類編本（集餘三、文辭類所收）、昭代叢書本（丙集卷三十二所收）。唐圭璋所輯詞話叢編未采輯是書。

本事詞　二卷

葉申薌輯

申薌字小庚，閩縣三山人。道光間，嘗官太守。所著除是編外，嘗撰閩詞鈔四卷，始於宋徐昌圖，終於元洪希文，附以方外閨媛，凡十一家，爲詞逾千首，閩中詞人梗概具焉。

昔孟棨有本事詩之作，葉氏祖之，乃輯本事詞，藉留詞壇之佳話焉。卷首有駢文自序一篇，敍其輯是書之由曰：「蓋自玉臺新詠，專錄豔詞；樂府解題，備徵故實。韓偓著香奩之集，託靑樓柳巷而言情；孟棨彙本事之篇，敍破鏡輪袍以紀麗。詩既應爾，詞亦宜然，此本事詞所由輯也。」

是編蓋搜輯舊聞軼事而彙編成書者，然所采輯，皆未注出處，自序云：「惟是篇因採摭而成，似應列原書之目，然其文或剪裁以出，又難仍舊帙之題，況敷藻偶繁，自必刪而就簡，亦傳聞互異，尤宜酌以從同。」是所輯故實，乃經葉氏斟酌異同、刪節剪裁而出，非全錄其原文，故未能列其舊題耳。

書分上、下二卷。上卷凡九十六則，紀唐、五代、北宋詞家之本事。下卷凡九十九則，紀南宋、遼、金、元人之故實。各依時之先後爲序，上卷末述閨媛、方外之佳話，如紀吳淑姬有詞集名陽春白雪，佳處不讓易安，祝英臺近一闋，尤爲當時稱賞云云。下卷南宋末述遺民汪元量、詹天游事。卷末亦附以女流掌故。全書蒐羅甚廣，足備詞苑之談助。

惟上卷第二十二則及下卷第五十六則紀六一居士生查子元夕詞，世傳爲朱秋娘作，謂秋娘名希眞與朱敦儒之字正同，適徐必用，嘗賦菩薩蠻：「濕雲不度溪橋冷」云云。所紀殊誤！蓋歐詞世傳爲朱淑眞作，非朱希眞也，淑眞與希眞自屬二人。考淑眞自號幽栖居士，錢塘人（見四庫提要）。或曰海甯人，文公姪女（見古今女史）。或曰錢塘下里人，世居桃邨（見全浙詩話）。與曾布妻魏氏爲詞友（見御選歷代詩餘詞人姓氏）。蚤歲父母失審，嫁爲市井民妻，一生抑鬱不得志（見魏端禮斷腸集序），未聞又名希眞，小名秋娘者，殆以淑眞、希眞二名僅一字之異而致誤歟？今案明人卓珂月詞統輯錄自隋、唐迄明人詞，卷前別錄詞人氏籍，卽以淑眞與秋娘分列爲二人，注云：「朱淑眞，錢塘女郎，有斷腸集。」又別注云：「朱秋娘，字希眞，徐必用妻。」故淑眞與希眞爲二人明矣，葉氏所紀，或係傳聞之誤。

有道光壬辰天籟軒刊本、詞話叢編本（覆天籟軒刊本）、中國文學參考資料小叢書本（第二輯所收）等。

(4) 專究平仄宮調者

塡詞淺說　一卷

謝元淮撰

元淮字默卿，松滋人。有海天秋角詞、碎金詞、碎金詞譜、碎金詞韻、養默山房詩餘、養默山房詩稿等。所作詞雖手筆不高，而持論頗多可採，尤於平仄聲調，深具造詣。

是編凡一卷，二十四則，皆所以淺說塡詞之平仄宮調者，卷末有謝氏題識云：「以上諸論，因近日詞人，專求俊句，每置平仄宮調於不問，所謂佳者甚多而是者絕少也。前刻碎金詞譜，皆有宮調可尋，卽自作各詞，亦字斟句酌，務求復古，故不得不瑣屑推敲，覽者幸勿嗤爲膠柱也。」故是編之作，蓋以詞者倚聲之學，然時人舍聲律而專求文字之工，去古益遠，乃欲溯本求源，冀復古意云。

卷中第一則論曰：「詞之爲體，上不可入詩，下不可入曲，要於詩與曲之間自成一境，守定詞場疆界，方稱本色當行；至其宮調、格律、平仄、陰陽，尤當逐一講求，以期完美。」以下所言，卽本此旨趣而立論；所論卽不外宮調、格律、平仄、陰陽之事，類皆精審可據。

宮調之辨，前人愈解愈紛，幾至無從捉摸，謝氏乃詳加考辨，追溯其源，據王伯良宮調論，逐次解釋以七聲合十二律共得八十四調之古法；後世省爲四十八調者，乃以十二律爲經，以七聲之中去其徵聲及變宮、變徵以爲緯，合爲四十八調；凡以宮聲乘律，皆呼曰宮，以商角羽三聲乘律，皆呼曰調，並詳列其目，一覽瞭然。又宋以後變爲十七宮調，元以後又變爲十三宮調，亦皆詳爲論述，頗資參考。

又王伯良有曲禁四十條，謝氏乃摘其與詞同禁者如平頭、合脚等十一條列出，亦足爲作詞者之守則。

又周德清中原音韻，作北曲者皆奉爲金科玉律，謝氏乃就其以二字分立韻目之例，詳加評析。以詩韻之一東、二冬，只取一字，周氏取二字爲目，當以聲有陰陽之故，自應取一於陰，取一於陽，方洽立韻之旨，乃東鍾、支思等六目皆兩陰字，齊微、魚模等三目則兩陽字，寒山、桓歡等三目則陰陽兩倒，僅江陽、皆來等七目不誤，要亦偶合，非眞有定見，因評其有欠妥協；自是愜論。

案是編乃附於其所著碎金詞譜前者，故世鮮單行之本，唐圭璋氏輯詞話叢編，乃爲析出，自成一卷。

香研居詞麈　五卷

方成培撰

成培字仰松，歙西人，生平事蹟不詳。所著除是編外，又有雙泉記傳奇一本傳世。

方氏精研音律之學凡十餘年，故著成是書，頗能鈎玄稽要，如網之在綱，有條而不紊。且博考經史，以溯其源，歷參百家之言，以暢其流，故所論博洽精審，足爲詞家之圭臬。

卷中所論，大抵謂「工尺卽律呂，樂器無古今。」其友程瑤田，素精按拍，亦心折其言，並爲作序，譽此書「舉數百年晦蒙之業，別白焉而定一尊。」又謂「是書之作，豈惟詞家之圭臬，實起後世之言律呂者而飲之以治聾之酒矣！」推許可謂備至也！

書凡五卷，皆泛論樂律諸事。每卷均立若干小目，分別論列，如卷一有「原詞之始本於樂之散聲」、「論詞曲宮調之理」等凡十二目；卷二有「論變宮」、「論五聲」等凡二十三目；卷三有「歧伯論樂」、「論中原音韻」等凡二十三目；卷四有「太平樂」、「論絲竹金石有自然之聲」等凡十六目；卷五有「宮調發揮」、「度曲正譌」及「總論」凡三目；都七十七目，所論較謝默卿塡詞淺說更爲專精而深入。

全書所論，大多出自其精研樂律之心得，間亦附以圖解，如「十二均八十四調之圖」、「二十八調住字之圖」等。其於前人論及樂律之說而大抵精確者，亦予采取，並參以己見，如「李易安論詞」、「王弇州論曲」等。又於前人所言作詞之要法，有與樂律相關者，亦爲采錄，如「楊誠齋作詞五要」等（案誠齋當爲守齋，辨見前舊題張炎所撰樂府指迷敍錄，方氏誤以守齋爲誠齋，是其一疏）。

又書中有云：「凡一詞用某韻，則句中勿多雜入本韻字，而每句首一字，尤當愼之，如押魚虞韻而句中多用語、麌、無、吾等字，則五音紊矣！」所言雖非深談，然持論甚確。又原詞之始云：「古者詩與樂合，而後世詩與樂分；古人緣詩而作樂，後人倚調以塡詞；古今若是其不同，而鍾律宮商之理，未嘗有異也。」亦具卓識。

以其所論精確，故後世詞話家多采其說，如謝枚如賭棋山莊詞話及張思巖詞徵等，皆有所采錄。

有讀畫齋叢書本（乙集所收）、嘯園叢書本（第六函所收）、叢書集成初編本（據讀畫齋本排印）等。

(5) 專述詞調源流者

塡詞名解　四卷

毛先舒撰

先舒字稚黃（一作馳黃），錢塘人。初以父命爲諸生，遂改名騤，父歿，棄諸生，不求聞達。從陳子龍遊，又嘗從劉宗周講學。其詩音節瀏亮，爲西泠十子之首，與奇齡、際可齊名，時人爲之語曰：「浙中三毛，文中三豪。」詞亦時有新意，嘗有句云：「不信我眞如影瘦」（玉樓春）、「書來墨淡知伊瘦」（踏莎行）、「鶴背山腰同一瘦」（臨江仙），時人遂號曰毛三瘦。又精於韻學，著有聲韻叢說、韻學通指。又有聖學眞語、小匡文鈔、思古堂集、東苑詩文鈔、蕊雲、晚唱諸集。康熙中卒，淸史有傳，列於文苑。

是編凡四卷，皆就詞調一一解其得名之由，並列其異名，考其異體，或注明其宮調。如：「霜葉飛，大石調曲，取杜甫詩：『淸霜洞庭葉，故作別時飛。』」又如：「十六字令有二體，以字數也；其單字起句者又名蒼梧謠。」卷一解小令十六字令、閒中好等凡一百五十七調。卷二解中調感皇恩、一翦梅等凡五十九調。卷三解長調滿江紅、醉翁操等凡一百二十五調。卷四爲補遺，凡四十九則；前十則補解清平樂、清平調引等凡十調，第十一則至四十八則徵引梅聖俞、宋史樂志、陳暘樂書、樂府指迷、楊升菴諸說，皆泛論樂調之事；末則自案，謂唐詞怨回紇等卽五、七言律絕，昔人各隨所賦名之，或歌法有異，遂別爲數名。又卷末附其自度二十字令、二十五字令等凡十五調之調名，題爲「新塡詞名解附」。

案調名緣起之說，起於楊升菴、都元敬，率皆掇拾古人詩文，以牽合詞調名義，先舒乃從而衍之，其說雖偶有協處，然多拾升菴牙慧，且升菴之說，亦多附會，胡應麟筆叢嘗爲辨駁，故四庫提要謂先舒所解：「附會支離，多不足據。末附先舒自度十五曲，尤爲杜撰。」並詳爲辨析聲歌遞變之由，以爲先舒未解其聲，率爾自度，憑虛臆造，實不足取。玆引述其言如下：「古樂府在聲不在詞。唐人不得其聲，故所擬古樂府，但爲五七言古詩，亦不能自製調也。其時採詩入樂者，僅五七言絕句或律詩，割取其四句倚聲製詞者，初體如竹枝、柳枝之類，猶爲絕句；繼而望江南、菩薩蠻等曲作焉，解其聲，故能製其調也。至宋而傳其歌詞之法，不傳其歌詩之法，故陽關曲借小秦王之聲歌之，漁父詞借鷓鴣天之聲歌之，蘇軾、黃庭堅二集可覆案也；惟詞爲當時所盛行，故作者每自度曲，亦解其聲，故能製其調耳。金、元以來，南北曲行，而詞律亡，作是體者，不過考證舊詞，知其句法平仄，參證同調之詞，知某句可長可短，某字可平可仄而已；當時宮調已茫然不省，而乃虛憑臆見，自製新腔，無論其分析精微，斷不能識，卽人人習見之白石詞，其所云念奴嬌鬲指聲者，今能解爲何語乎？英雄欺人，此之謂也。」

康熙間，海甯查繼超以先舒書及王靜齋古今詞論等四種編爲詞學全書，有致和堂刊本、世德堂刊本、木石山房石印本等。

詞名集解　六卷・續編二卷

汪　汲撰

汲字葵田，晚號古愚老人，乾隆間海陽竹林人，事蹟未詳。

是書正編六卷，續編二卷，凡八卷；所以集解詞調之名稱，較毛稚黃塡詞名解蒐羅更爲繁富，考訂更爲詳備。計卷一解五福降中天，壺中天等凡一百八十調：卷二解賀聖朝、朝天子等凡一百三十九調；卷三解燕子樓、小樓連苑等凡一百五十四調；卷四解鳳雛、鳳栖梧等凡一百一十六調；卷五解萬歲樂、敦煌樂等凡一百四十四調；卷六解織錦曲、映水曲等凡一百三十七調；共八百七十調。續編卷上解杏花天、養花天等凡一百四十四調；卷下解油葫蘆、醋葫蘆等凡一百五十九調，共三百零三調。合正、續二編計之，凡一千一百七十三調。

是編內容與毛稚黃塡詞名解同，亦就詞調一一溯其得名之緣起，如：「一葉落、唐莊宗塡此詞：『一葉落，搴朱箔，此時景物正蕭索。』淮南子：『一葉落而知天下秋。』」並著其本名、別名。如：「壺中天、本名念奴嬌。」「海天澗處、宋辛棄疾水龍吟之別名也。」或註明其爲何人所首作，如：「喜朝天、宋晁補之作。」「東風齊着力、宋胡浩然作。」或說明是詞入何宮調，如：「鶴翀天、九宮大成入南詞大石調正曲。」凡所解皆詳註於本名之下，異名之下從略，如壽星明本名沁園春，遂於沁園春條下詳解其得名之緣起、異名等，於壽星明條下但註曰：「見沁園春註。」

至是編體例，則與毛氏之書異趣。毛氏以小令、中詞、長調分卷，第四卷爲補遺；汪氏此書則別出心裁，依天文、地理、時令、人事、草木、鳥獸、昆蟲、數字、樂曲之名稱等分卷。凡調名中有天字（如鶴翀天等）、日字（如日重光等）、月字（如人月圓等）、星字（如壽星明等）、風字（如風光好等）、雨字（如雨霖鈴等）、雪字（如白雪等）、霜字（如霜天曉角等）、雲字（如紫雲廻等）、虹字（如上江虹等）、銀漢字（如河傳銀漢等），皆類聚一處，是爲天文一類。又集若干類而爲一卷。如卷一所解各調有天文、時令、地理三類。除天文一類已如上述外，凡調名中有春、秋、時、年、上元等字者，皆類聚之，是爲時令一類；有地、山、水、江、河、海、池、塘、關塞、梁州、甘州等字者，亦類聚之，是爲地理一類；合爲一卷。卷二所解爲人事之類，依調名有天子、皇帝（如朝天子、感皇恩、思帝鄉等）、聖賢（如聖無憂、集賢賓等）、神僊（如凌波神、臨江僊等）、美人（如虞美人等）、歡怨（如相見歡、昭君怨等）、嬌好（如念奴嬌、春光好等）諸字者分別。卷三所解爲居室、珠玉、衣物、花草之類，凡調名中有樓、閣、門、牕、屛、簾、庭院、闌干等字者類聚之，是爲居室一類；有明珠、連環、玉、釵等字者類聚之，是爲珠玉一類；有霓裳、衫、袍、裙、帶、衾、枕、燈、影、簫、笛等字者亦類聚之，是爲衣物一類；有菊、荷、桃、梅、芙蓉、梧桐等字者亦類聚之，是爲花草一類；合此諸類爲一卷。卷四爲鳥獸、昆蟲、數字之類，凡調名中有鳳凰、鶯、燕、鷓鴣、馬、驄等字者類聚之，是爲鳥獸、昆蟲之類；又依調名中有一、二、三、四、以至百、千、萬等字者列爲數字一類，以上合爲一卷。卷五、卷六則依樂曲名稱分，如卷五所解，集其調名中有樂、歌、行、吟、辭、謠、子等字者爲一卷；卷六所解，集其調名中有曲、引、慢、破、犯、令、兒等字者爲一卷，是皆樂曲之名稱。至續編二卷爲補遺，所補三百零三調，亦大抵依天文、地理等分列。

又是編卷前有乾隆五十九年甲寅談泰（星符）氏所撰序一篇。卷中引據、考訂，采取頗爲詳備，其間沿襲前人及附會典籍之處，自亦不免，雖所述未可盡信，然亦足備參資。

此書流傳未廣，今惟見乾隆間原刊古愚老人消夏錄本，中央研究院歷史語言研究所圖書館藏有一部。

(6) 歷評各家詞者

詞綜偶評　一卷

許昂霄撰

昂霄字蒿廬，海寧人。吳子律謂其手校書劇夥，惜傳者不多。有詞韻考略，見張詠川詞林紀事附錄。

案是編乃許氏就朱竹垞詞綜一書，漸次評點，以授其從學弟子者，每一闋中，凡抒寫情懷，描摹景物，以及起結、過換、襯貼、照應之法，靡不指示詳明，足爲後學作詞之繩墨。其後四十餘年，許氏弟子海鹽張載華（芷齋）爲繕寫校讎，附刻於查初白詩評之後，唐圭璋氏輯詞話叢編，遂據此析出。

編惟一卷，依詞綜原次，歷評唐、五代、宋、金、元人詞。計評唐詞李白菩薩蠻等凡六家、九闋；五代十國詞蜀主孟昶玉樓春等凡十三家、十九闋；宋詞潘閬酒泉子等凡八十三家、一百九十一闋，中有無名氏詞九闋；金詞吳激人月圓等凡三家、五闋；元詞羅志仁金人捧露盤等凡十家、十四闋。末附補遺，評宋胡仔水龍吟等凡二十二家、三十七闋，復補錄南唐李後主子夜歌等凡四十六家、五十三則，蓋爲詞綜評本所無，張載華據許氏雜記中錄出者。卷末附乾隆四十二年丁酉張載華跋一篇。

卷中所評，或揣度詞之作意，如謂李太白菩薩蠻詞：「玩末二句，乃是遠客思歸口氣，或註作閨情，恐誤。」又曰：「樓上凝愁，階前竚立，皆屬遙想之詞。」或引用前人之評語，如謂張志和漁歌子西塞一詞：「涪翁稱其有遠韻，信然。」或概括評之，如謂李後主浪淘沙簾外詞：「全首語意慘然。」或逐次詳析，如謂蘇東坡念奴嬌大江東去詞：「一起眞如太原公子裼裘而來；若亂石數語，則人人知其工矣；一時多少豪傑，應上生下；故國神遊二句，自敍；一尊還酹江月，仍收歸赤壁。」或溯其詞意所本，如謂晏小山蝶戀花「紅燭自憐無好計，夜寒空替人垂淚」句，乃本自杜牧之詩：「蠟燭有心還惜別，替人垂淚到天明。」或拈出詞中佳句，如謂李易安浣溪沙句：「新筍已成堂下竹，落花都入燕巢泥。」眼前景物，自成佳聯。大抵所評均深具鑒裁，惟謂易安聲聲慢：「此詞頗帶傖氣，而昔人極口稱之，殆不可解。」爲未見詞中佳處耳。

有查初白詩評本、詞話叢編本（覆詩評本）等。

（二） 博采各家之說薈萃成書而爲詞話總集者

古今詞論　一卷

王又華輯

又華字靜齋，清初錢塘人，生平始末未詳。

是編蓋采錄前人及時人論詞之語以薈萃成書者，計錄楊守齋、張玉田、王元美、楊升菴、徐天池、陳眉公、張世文、徐伯魯、沈天羽、俞仲茅、劉公勇、賀黃公、卓珂月、顧宋梅、彭駿孫、董文友、鄒程村、王阮亭、沈去矜、張祖望、李東琪、張砥中、李笠翁、毛稚黃、仲雪亭、查香山等凡二十六家論詞之說共九十一則，雖以「古今詞論」爲名，而所錄古人之說僅十之一、二，近人乃十之八、九。

編惟一卷。其編次徵引之例，大抵依時之先後排列，凡引某家之說，但於所引第一則前稱其姓名，而不曰采自何書，如采自張玉田詞源之說，但稱「張玉田曰」，不稱其詞源書名。所錄最多者爲毛稚黃之說，凡十八則；次爲賀黃公十一則，劉公勇十則；最少者如王元美、徐天池等僅一則。

所錄諸家之中，其有詞話專著行世者，如張玉田、楊升菴等家之說，尙不足爲貴；若徐天池、陳眉公輩，未嘗有論詞之書刊行，乃蒐采其說而彙存之，以著其論詞所見之一斑，是亦不無輯存散佚之功焉。

無

又卷中所采，大抵皆各家論及作詞之要法、旨趣等，其專評詞家優劣之語頗少，至專紀詞家故實之文，則一無所取，於此亦可見王氏輯錄是書之旨，蓋欲薈萃各家論詞之精華，以示學者探索詞中旨要之範疇焉。

案是書單行之本不多見，康熙間，海寧查繼超氏輯詞學全書，收入此書，唐圭璋始自詞學全書析出而錄入其詞話叢編。至查氏詞學全書則有致和堂刊本、世德堂刊本等。又民國三十八年胡雲翼主編詞學小叢書，其第十種詞學研究爲羅芳洲所編，第三輯亦收此書，由上海教育書店初版。

古今詞話　八卷

沈　雄輯

沈氏事略見前柳塘詞話敍錄，茲不復贅。

是編體製，分爲四目：一曰詞話，二曰詞品，三曰詞辨，四曰詞評。目各分上、下二卷，共八卷。

詞話二卷，采錄前人論詞、話詞之語凡二百二十二則；上卷所錄爲唐、五代及宋人詞話，下卷爲金、元、明、淸人詞話。其間亦雜以己說；凡引自他書者，皆首著其書名，如「曲洧舊聞曰」、「教坊記曰」等；或稱其人名，如「陳後山曰」、「朱晦庵曰」等；其出於己說者，則書「沈雄曰」；又沈氏別有柳塘詞話一書，凡引自是書者，則書「柳塘詞話曰」；又是編休寧江尙質（丹崖）爲之增輯，間有江氏之說，則稱「江尙質曰」；此其稱引之例。卷前凡例稱：「詞話者，舊有古今詞話一書，撰述名氏，久矣失傳，又散見一、二則於諸刻，茲仍舊名，而斷自六朝，分為四種，據舊輯及新鈔者，前後登之，一表製詞之原委，一見命調之異同。」故知是編編名蓋前有所本，今考所稱舊有古今詞話一書，蓋宋人楊湜撰，其書散佚不傳，今有輯本一卷，予別有詳考，見第一編。

詞品二卷，蓋沿楊升菴詞品舊題，廣蒐諸家之說，而詳為分類。上卷類列原起、疏名、按律、詳韻、本意、虛聲、小令、中調、長調、換頭、起句、結句、辨句、叠句、對句、複字、襯字、轉韻、藏韻、排調、衍調、集句、廻文、隱字、櫽栝詞、福唐體、和韻、節序、咏物、曲調凡三十子目。下卷類列品詞、用語、用事、用字、句法、割裂、禁忌、語病、改詞、戲作、感遇、詞讖、讀詞、傳詞、選詞凡十五子目。上卷錄九十五則，下卷三百零二則，合三百九十七則。觀其所分細目，則卷中所論，不難知之矣！

詞辨二卷，蓋據徐魯菴詞體明辨一書書名而綴其二字以為題，以徐氏書但辨於名而不辨於實，乃博引諸說，分調考覈之。上卷辨十六字令、明月斜至臨江僊等凡六十九調。下卷辨一翦梅、釵頭鳳至六州歌頭凡五十調。依詞調字數之多寡編次；其調同名異者，則以小字註於本名之下，如十六字令下註蒼梧謠、絳州春是也。

詞評二卷，凡例稱：「詞評向無是書，錯雜見於古今論列，新舊刻本，因其表見者節取之，以昭歷代人文，以鼓後來學者。」蓋節取古今評論詞家之文，彙輯類列之。計上卷評唐李白至五代鹿虔扆等凡二十五家；北宋歐陽修至吳淑姬等凡五十八家；南宋康與之至白玉蟾等凡七十四家。下卷評金完顏疇至元楊維楨等凡二十九家；明劉基至徐士俊等凡五十家；清吳偉業至張軫等凡五十五家。其間有父子、兄弟同爲詞家者，則附列之，如秦湛附於秦觀，王安禮附於王安石等。各家有詞集行世者，則以小字著於名下，如溫庭筠名下著金荃集，和凝名下著紅葉稾等是也。

全書體例，已備論如上。大抵採摭詳備，條分縷析，頗多可取。至卷中參錄己說之處頗多，則不免有自我標榜之嫌；其論及時人之處，亦多揄揚之詞，故四庫提要頗抑之，謂此書「徵引頗爲寒儉，又多不著出典，所引近人之說，尤多標榜，不爲定論。」然提要所據浙江巡撫採進本爲六卷本，第有詞評、詞辨、詞品三門，蓋沈氏舊輯也，其後增以新鈔者，多列詞話一門，共得八卷，又經江尙質增輯，則不復舊觀矣！是書采輯甚富，而提要述其梗概，措語極簡，殊失允當；又書中徵引之處，大多著其出典，而提要謂「徵引頗爲寒儉，又多不著出典」云云，或所據六卷本多未著，其後增著之歟？以其所據本異，故提要所評，不足爲據。

有康熙間澄暉堂刋本、詞話叢編本（覆澄暉堂刋本）等。

詞苑叢談　十二卷

徐　釚輯

徐氏生平事蹟，具見前南州草堂詞話敍錄，茲不復贅。

是編蓋鈔撮羣書而成，凡十二卷，分門別類，其目有七：一曰體製（卷一）、二曰音韻（卷二）、三曰品藻（卷三、四、五）、四曰紀事（卷六至卷九）、五曰辨證（卷十）、六曰諧謔（卷十一）、七日外編（卷十二），共錄論詞、話詞、品評、紀事之文凡六百七十三則，四庫提要盛稱其「採摭繁富，援據詳明，足爲論詞者之總滙」是也。惟徵引舊文，未盡註其出處，幾有掠美之嫌，是其一失。其友朱竹垞、陳維崧等嘗議之，徐氏亦自欲補綴，而舊稾零落，無從一一追溯，遂取偶及記憶者，註其十之二三焉。後世詞話家論及此書，亦多以此爲憾。書中間有脫誤之處，吳子律曾爲訂正，見蓮子居詞話，又丁元量（鑄）亦嘗爲之校補。

卷前有序四篇，其一康熙戊辰溫陵丁雁水序；其一長洲尤侗序，未書年月；餘二篇自序，一作於康熙戊午采輯初成之時；一作於康熙戊辰，經數年參訂、補綴而刻板付梓之時。據自序推知：是書之輯，蓋自癸丑（康熙十二年）始，迄於戊午（康熙十七年），凡六載，其後與朱竹垞、陳維崧等相互參訂，並時爲補註書目，至戊辰（康熙二十七年）始鋟板成書，故是書之成，前後凡歷十六年之久，采輯可謂勤而愼矣！

其體製一卷，薈萃前人之說，以考其離合正變。音韻一卷，以沈去矜詞韻略爲本，間采諸家之說，以備參考，至審音、辨律之論，則未及采錄。品藻三卷，彙輯前人之緒論，而略參己見。紀事四卷，廣搜前人之佚聞、逸事而可傳爲佳話者，以供詞苑之談助，其中采取近事者幾居其半，與朋輩相互標榜之處，蓋所不免，提要據世說新語註及唐、宋人詩話、說部考知：序錄同時之事，自古已然，謂非徐氏之創例。辨證一卷，錄前人辨證之文，或細加詳考，而歸於畫一。諧謔一卷，蓋采擇前人諧詞、趣聞而未必無關風化者，藉使覽者警省云。外編一卷，則取仙鬼神怪以及奇緣異耦載在野史傳奇者，徧爲捃摭，以資談柄。

是編梗概，已如前述，至其得失之處，除徵引不著書目爲前人屢病及偶有脫誤而爲之訂正者外，餘如體例、論斷、采擇之處，前人亦有所置評，如江秋珊詞學集成卷一云：「前人詞話本少，此編比詩話略變其例，然搜集多而論斷少。其體製一卷，泛而不當；音韻一卷，粗而不精；品藻以下十卷，則仍詩話之例矣！」自屬平允之論。

案是書流傳甚廣，近人唐圭璋輯詞話叢編，於宋、元以來重要之詞話，搜輯略備，而此書未見采錄，殊可怪也！

有康熙間蛾述齋刊本、四庫全書本（集部詞曲類所收）、海山仙館本、民國間上海有正書局印行本、開明書店精校排印本、商務叢書集成初編本（據海山仙館本排印）等。

歷代詩餘詞話　十卷

王弈清等纂輯

案是編乃別錄於御選歷代詩餘卷末者。御選歷代詩餘一書，爲康熙四十六年翰林院修撰王弈清及侍讀學士沈辰垣等奉旨纂輯者。是書共一百二十卷，蓋爲詞選之總集。卷一至卷一百彙錄歷代詩餘凡一千五百四十調、九千零九闋；卷一百一至卷一百十，述詞人姓氏；卷一百十一至卷末，別錄詞話十卷。唐圭璋氏析出此十卷，收入所輯詞話叢編，名曰「歷代詩餘詞話」，今從之。

所錄詞話，自唐迄明，凡見於歷代載籍論詞、話詞之語，皆廣爲搜采薈萃之，以集詞話之大成。

計前二卷爲唐詞話，次一卷爲五代、十國詞話，又次三卷爲北宋詞話，又次二卷爲南宋詞話，又次一卷爲金、元詞話，末卷爲明詞話，共錄詞話七百六十三則。

是書采擇精博，凡所輯錄，均註明其出處，一洗舊本不註出處之陋習。或註書名，或註人名。所采各書，約可分爲十四類。其一、正史：如南唐書、五代史等；其二、史傳：如杜佑通典、鄭樵通志等；其三、野史：如唐國史補、太眞外傳等；其四、方志：如烏程舊志、西湖志餘等；其五、別集：如范成大石湖集、劉子翬屏山集等；其六、詩話及詩話總集：如六一詩話、珊瑚鉤詩話、詩話總龜等；其七、詩選：如列朝詩選等；其八、詞話及詞話總集：如碧雞漫志、詞品、古今詞話等；其九、詞選：如花間集、尊前集等；其十、詞譜：如古今詞譜等；其十一、序跋：如玉茗堂選花間集序、知稼翁集跋等；其十二、隨筆雜著：如北夢瑣言、野客叢談等；其十三、小說話本：如夷堅志、宣和遺事等；其十四、類書：如太平廣記等。或逕注人名，如李清照、元好問、王世貞等。

卷中所錄書目凡二百零六種，人名六十八。以采自歷代隨筆雜著之文最多；其采自詞話之說者，則以楊升菴詞品及沈偶僧古今詞話最多。惟卷中稱引出處，其例頗不一致：有只引書名，不著撰人者，如詞品、筆談之類；有只稱作者，不著書名者，如周密、洪邁之類；有撰人及書名連引者，如陳暘樂書、胡應麟筆叢之類；有簡稱某書而亦不一致者，如引自遠志齋詞衷一書，或簡稱詞衷，或簡稱遠志齋；意輯錄是編者非出自一人之手筆，故稱引有此殊異耳。

又是編徵引前人詞話之書，半爲今所未見者，如楊湜詞話（案：卽舊本古今詞話）、中興詞話、高齋詞話、東溪詞話等，此數書今並不見傳本，殆已散佚。除古今詞話知爲宋人楊湜所撰，原書散佚，今惟有輯本一卷；中興詞話爲黃昇所撰，今惟見日本寬永本詩人玉屑卷末所附補遺十餘則，其本書亦不見流傳外；其餘高齋詞話及東溪詞話爲何時何人之作，皆不可詳考矣！

參與纂輯歷代詩餘一書者，除王奕淸、沈辰垣外，尙有翰林院編修閻錫爵、余正健及編錄人員楊祖楫等凡二十人，詞話部分未知何人所手輯？又王、沈、閻、余四氏生平事蹟亦不詳。

御選歷代詩餘一書，有內府本、民國十七年上海蟫隱廬景印本（據內府本景印），以上諸本，詞話皆附卷末；至詞話叢編本及長沙楊氏枝巢叢書排印本所錄十卷，則係析自歷代詩餘者。

詞苑萃編　二十四卷

馮金伯輯

金伯字冶亭，一字墨香，號南岑，南滙人。嘉慶貢生，官句容訓導。工詩古文辭，兼善書畫。有國朝畫識、墨香居畫識、南村詞略等。

是編蓋就徐虹亭詞苑叢談一書重加整理，再爲補綴而成；比原書刪者十之一，而增者倍之。原書分體製、音韻、品藻、紀事、辨證、諧謔、外編七目；此書則略變其例，於體製下增旨趣一目，蓋一以溯其淵源，一以窮其閫奧也。又於品藻外增指摘一目，蓋一以見欣賞之情，一以寓別裁之意也。至音韻一目，則移於紀事之後。原書辨證、諧謔二目，則仍其舊焉。原書外編多載神仙鬼怪之事，是編則以其散置於紀事類中，乃就各類難於附麗及可附麗而偶爾失載者，改爲餘編二卷。故是編凡分九目

：一曰體製（卷一）、二曰旨趣（卷二）、三曰品藻（卷三至卷八）、四曰指摘（卷九）、五曰紀事（卷十至卷十八）、六曰音韻（卷十九）、七曰辨證（卷二十、二十一）八曰諧謔（卷二十二）、九曰餘編（卷二十三、二十四），都二十四卷，一千五百八十則，卷帙倍增於原書。自唐、宋迄清千餘年間，舉詞林之舊聞逸事、淺談深論，靡不蒐取而備錄之，采輯可謂宏富之至矣！

是編優長之處，非僅卷帙之倍富於原書而已，其尤可貴者，乃凡所徵引，必一一註明其來歷，隸事有序，釐然秩然，足使觀之者快然有當於心，是眞可謂徐氏之功臣、詞苑之盛事也。蓋踵事而增華，後來者居上，此馮氏之所以超勝於徐書者也。

卷一體製、卷二旨趣，皆泛采群書，排纂其文。卷三至卷八皆屬品藻，其間排比，皆次第分明，如卷三品藻一，錄前人品藻晚唐、五代人詞語；卷四品藻北宋詞人，其中又以帝王列於卷首，如徽宗雖北宋末人，亦以之置於宋初潘閬、晏元獻諸人之前，次列一般詞人，而以方外、閨媛殿後；卷五品藻南宋詞家，其中又以趙鼎、岳飛等將相列於卷首，餘亦如前卷之次；卷六品藻金、元人詞；卷七品藻明人詞，亦首帝王，次將相，次詞家，次閨媛；卷八所錄，則屬品評清初嘉慶以前詞人之作。卷九指摘類，泛錄前人載籍中於歷代詞家指摘其瑕疵之文。卷十以下八卷皆紀事類，計卷十紀晚唐、五代，卷十一、十二紀北宋，卷十三、十四紀南宋，卷十五紀金、元，卷十六紀明人，卷十七、十八紀清人。以下各卷所錄，亦大抵依時之先後編次，莫不井然有序，較徐氏原書之紛然雜陳者，確爲清晰可觀。

又是編卷前有序二篇，其一嘉慶十一年許兆桂序，其一嘉慶十年自序，則是書之成，蓋在嘉慶十年也。

有嘉慶原刊本、詞話叢編本（覆嘉慶刊本）等。

詞學集成　八卷

江順詒纂輯

順詒字秋珊，旌德人。宏才績學，尤工倚聲，著有明鏡詞（徐仲可清代詞學概論作願爲明鏡室詞）。郭嘯麓清詞玉屑謂秋珊「詞極悽惋，有句云：『埋玉憐烟，碾珠弔月，曇花竟是空花。』讀者爲之惆悵，知秋珊者，謂其少日有所眷，嘗自記其事爲鏡中淚傳奇，因自號願爲明鏡生」云云。故知江氏早歲蓋一風流自賞之詞人也，晚年則轉而留心風教。

江氏自謂：「此書積之數十年，有見必錄。」是亦博采羣書而成。於倚聲之學，尋源竟委，審音考律；至各家異同、得失之處，則旁參曲證，折衷一是，所以存前人之正軌，示後進之準則也。其友鐵嶺宗小梧（山）爲之參訂校讎，並條分縷析，撮其綱曰源、曰體、曰音、曰韻；衍其流曰派，曰法、曰境、曰品；分爲八卷，名曰詞學集成。故是書之成，蓋由江氏手自纂輯，其編目、校訂及書名之審定，則出於宗氏焉。

卷首有宗小梧序一篇，盛推江氏用心之苦，厥功之偉。又撰序目八條，每條均以四言八句構成。繼有江氏自撰凡例九條，敍是書編輯之旨趣。

案是編雖亦博采衆說，纂輯成書，如古今詞話、詞苑萃編之比，然體例有所不同，蓋卷中凡所引錄，江氏率皆抒以論斷，其論斷之語，悉列於所列某家之說條下，首著「詒案」二字以別之；論斷後再引他說者，又別著其名目，以免混淆。書中徵引各家之說，有刪節其字句者，有全篇載錄者；間有純出己見者，則自成一則，而不書名。

卷一至卷七皆雜引諸說，以論述詞源、詞體，辨析詞中音韻，分明詞之流派，指出作詞之要法及詞中之意境。卷八錄郭頻伽詞品十二則，蓋仿司空表聖詩品之例，每則均以四字十二句之韻語描述詞中之品，並以二字括之，如幽秀、高超、雄放等。又載楊伯夔續詞品十二則，其例亦如郭氏，惟所綴品目略異耳；其目雖異，所品實同，如郭氏委曲一目，楊氏則曰微婉，郭氏幽秀一目，楊氏則易爲閑雅，凡此等用意雷同及所品拘牽之處，謝枚如賭棋山莊詞話嘗力爲抨擊。江氏錄二家詞品，復以袁子才嘗補詩品三十二首，而郭、楊二氏祇標妙境，未寫苦心，乃亦仿效隨園，作續詞品二十則，其目如崇意、用筆、布局等，多屬作詞之法則。品詞多精當之語，故宗小梧譽之爲「化工之筆，如游、夏不能贊一辭。」又此卷末附錄四則，引前人評辛稼軒、陳大樽、營妓嚴蕊及蔣心餘語而略加論斷，謂「塡詞小技，固不必以言舉人，亦不必以人廢言，然此中亦有品在」云云。

是編采輯各書，不如古今詞話、詞苑萃編諸書之博，然抉擇甚精，論斷亦確，蓋深有旨趣存乎其間者也。如於詞中音律，江氏以方仰松詞麈所論與已見多合，故采方氏之說特多。又於萬氏詞律詆譏頗甚，謂其未能因韻以求音，因音以求體，又不知繁聲、增字之所以然。

又宗氏於參訂是書之餘，間亦抒以所見所感，附於卷末，而江氏亦加案語，類皆引爲同心之論。如卷五末則引郭頻伽語，謂「詞家者流，源出於國風」云云，宗氏贊之云：「香奩格非詞之正宗，可使大千世界迷人，同登覺路，吾欲比於洙泗正樂之功。」江氏案云：「詞章之學，漢、宋諸儒，所不屑道，淫詞豔話，有害於人心風俗不少，未始非秦七、黃九階之厲，此姜、張所以獨有千古也。」觀此可以概見二氏論詞之旨矣！

有光緒辛巳刋本、詞話叢編本（覆光緒刋本）等。

（三）　鈔撮羣籍或略參已說而彙編成書者

詞統源流　一卷

彭孫遹輯

孫遹生平始末，已見前金粟詞話敍錄，茲不復贅。

案是編乃雜鈔各家之說而彙集成書者，共錄前人及時人論及詞體源流之語凡五十四則。除第一則未著其出典爲藥園閒話外，餘亦均未注出處，今取諸書比而觀之，知所錄各則，蓋鈔自能改齋漫錄、苕溪漁隱叢話、詞源、爰園詞話、王弇州詞評、古今詞論、塡詞雜說、遠志齋詞衷、七頌堂詞繹、皺水軒詞筌等書。徐虹亭詞苑叢談一書，亦鈔撮羣籍而成，今取其書與是編互校，知徐書卷一體製類，卽係據彭氏此書爲本，復增益所鈔二十餘則而成者，爰就其異同之處，比較如后：

一、詞苑叢談卷一前十七則與是編卷前十七則文字全同，僅前四則次序略異。是編第一則采自藥園閒話，謂屈子離騷亦名辭，漢武秋風亦名辭，詞者詩之餘也，案其調而知詞有合於詩者，歷引書中繁促相宜、短長互用之句，遂謂三百篇爲詞體之祖，蓋溯源之論也。第二則紀唐人張志和漁歌子詞；第三則紀沈約六憶詩；第四則紀梁武帝江南弄；或爲詞體之濫觴，或詞體形成初期之作，亦所以溯其源也。詞苑叢談則以此書第四則爲第一則、第三則爲第二則，第一、二則爲第三、四則。第五則至十七則次序全同。

二、就可考者考之：是編采自能改齋漫錄及苕溪漁隱叢話者各一則，詞苑叢談沿之；采自兪仲茅爰園詞話者二則，叢談多出二則；采自沈去矜塡詞雜說者六則，叢談多出四則；采自鄒程村詞衷者十五則，叢談多出二則；采自劉公勇詞繹者一則，叢談多出六則；采自賀黃公詞筌者三則，叢談多出三則；采自張玉田詞源者一則，叢談多出二則；采自毛稚黃之說一則，叢談多出二則；采自王靜齋古今詞論引沈天羽說、楊升菴說、張玉田說及王弇州詞評者各一則，叢談沿之。

三、是編雜鈔各書，均未著出典，徐氏叢談全錄之，益以己鈔者，並悉注其出處。如采自爰園詞話者四則，於第一則前著明：「兪仲茅彥爰園詞話曰」，餘數則並著「又曰」二字。

四、鈔錄間有訛誤之處，如第十九則：「唐晚五代小令」云云，唐晚當作晚唐，詞苑叢談亦誤；第三十七則：「余少卿云」，余字乃兪字之訛，詞苑叢談不誤；第四十八則：「小調換頭，長調多不換頭。」二頭字並韻字之訛，叢談亦誤；第五十一則：「詞有定名，卽有定格。」詞字乃調字之訛，叢談亦誤。

五、間有是編不誤，而詞苑叢談有誤者：如第五十三則：「詞中用事最難」云云，詞字叢談誤作調字。

六、是編所錄，有合原書二則爲一，詞苑叢談亦沿之者。如第二十三則蓋合鈔劉公勇詞繹「山谷全首用聲字爲韻」及「檃栝體不可作」二則而成，詞苑叢談沿之。

七、有原書爲一則，是編分鈔爲二，詞苑叢談亦沿之者。如第三十八、三十九二則，錄自鄒程村詞衷，原書合一，是編分而爲二，自「俞少卿云」至「披卷曉然耳」爲一則，自「阮亭常云」至「亦不妨小作狡獪」另立一則，詞苑叢談沿之。

八、是編共五十四則，詞苑叢談則多至八十二則。

綜上所述，知是編蓋雜鈔羣書而成，所鈔皆不著出典，徐虹亭取其書而益以自鈔之二十餘則，並各著其出處，錄入詞苑叢談卷一，目曰「體製」。然彭、徐二氏並康熙間人，焉知徐氏鈔自彭書，而非彭氏襲於徐書哉？今定爲徐氏鈔自彭書者，其證有三：

其一、是編所錄五十四則悉見於詞苑叢談卷一，詞苑叢談蓋全鈔是編而益以別自鈔錄者，彙而成卷，此乃顯而易辨者。

其二、是編鈔錄訛誤之處，詞苑叢談多沿其誤，不誤者僅得其一；且詞苑叢談於各則所著出處，顯係據彭書未著補綴而成，若彭氏鈔自徐書，當不致遺其所著出典也。

其三、彭、徐二氏雖均爲康熙間人，然彭氏卒於康熙三十九年，徐氏至康熙四十七年始卒；且彭氏此書有學海類編本，學海類編爲曹溶（秋嶽）所輯叢書，網羅羣籍達四百餘種，曹氏於康熙二十四年卒，而詞苑叢談成書於康熙二十七年，故學海類編未及輯入詞苑叢談。

據以上三點，知彭氏此書必成於康熙二十四年曹溶逝世以前，且詞苑叢談輯於康熙十二年至十七年，則此數年間詞統源流必已成書，而徐氏得以采錄。徐書晚出，故徐氏乃參錄彭書而彙輯成卷，當無可疑。

是編所錄，類皆溯源辨流之論，有溯詞體之濫觴者；有溯詞意之合於詩者；有溯詞句之所本者；有溯詞調得名之由者；有溯詞中各體之淵源者，如叠字之起、長調之祖等；溯其源即所以辨其流，故名之曰「詞統源流」。然亦間錄論及詞之作法及品藻詞家之文，如第二十五則：「小調要言短意長」云云，錄自塡詞雜說，所言皆作詞之法。第二十八則：「男中李後主，女中李易安，極是當行本色。」亦錄自塡詞雜說，而略其半，則屬品藻詞家之語。此等非關詞之源流者亦雜厠其間，無乃與題旨不諧歟！

有學海類編本（集餘三、文辭類所收）、國朝名人著述叢編本、叢書集成初編本（據學海類編本排印）等。

詞藻　四卷

彭孫遹輯

案是編蓋取前人及時人品藻詞家之語而彙輯成書者，故名曰「詞藻」。卷首有彭氏自題云：「殘月曉風，大江東去，鐵板紅牙，褒譏千古，特是優伶之口，強爲差排，其妙處固未必深悉也。余于詞學，頗多領會，因爲搜討名人緒論，以己見參之，名之曰詞藻，分爲四卷。所謂蛾眉不同貌而俱動于魄，芳草寧共氣而皆悅於魂，善乎江淹之見，良有以夫！」觀此可以知是編采輯之旨矣。

共錄品藻詞家之文凡一百五十則，分成四卷，蓋鈔自能改齋漫錄、詞品、弇州詞評、鱍水軒詞筌及花草蒙拾諸書，間錄所著金粟詞話中品藻之語，即自題所謂「以己見參之」是也。徐虹亭詞苑叢談卷三、四、五即全鈔是書，復增輯十餘則而成，題曰「品藻」。今取二書比較其異同如下：

一、是編卷一二十九則，卷二三十六則，共六十五則，詞苑叢談輯爲卷三，共得六十六則，其中第十則評宋退翁眼兒媚梅詞者爲詞藻所無，蓋係徐氏別自輯增者。

二、是編卷一第一、二則引南唐書紀元宗故事，詞苑叢談錄至卷中第二十一、二十二則，而以原第三則評李後主烏夜啼詞者列爲首則，餘次序並同。

三、是編卷一第十四則評王通叟慶清朝慢踏青詞，第十五則評辛稼軒融化晉無名氏帖中語作霜天曉角詞，詞苑叢談誤刻爲一則。

四、是編卷一第二則紀南唐馮延巳與元宗以詞中俊句相戲，未著出典，詞苑叢談注「南唐書」三字。

五、是編卷一第十二、十六、十七則末有引自他書之文，以小字爲注，詞苑叢談沿之。第五、六、二十四則及卷二第十六則末無注，詞苑叢談引他書或自作案語爲注。

六、是編卷三共四十五則，詞苑叢談以其前四十二則錄入卷四，後三則錄入卷五；又第一則及第二十六則末著出典，詞苑叢談乃於第一則首著「復齋漫錄云」五字，第二十六則首著「梨莊曰」三字。至前後次第，異動頗多，未便遍舉。

七、是編卷四共四十則，詞苑叢談以其前十六則錄入卷四，十七則以後錄入卷五；亦有是編未著出處，而叢談注之者。次序亦大有變更，蓋信手雜鈔，無甚用意。

八、是編錄自其自著金粟詞話之說凡四則（實爲五則），計卷一第十九則：「林處士梅妻鶴子，可稱千古高風」云云；卷二第二十九則「耆卿却傍金籠教鸚鵡」及「山谷女邊著子，門裏安心」云云，案此則前後事不相屬，金粟詞話原分二則，是編合爲一則，詞苑叢談沿之。又卷四第三則：「詞家每以秦七、黃九並稱，其實黃不及秦遠甚」云云；第四則：「長調之難於小調者，難於語氣貫串」云云，亦錄自金粟詞話，詞苑叢談錄入卷四，並多錄「稼軒之詞，胸有萬卷，筆無點塵」一則，於首則著明：「彭羡門孫遹曰」，次二則著「又曰」，然是編於評秦七、黃九一則前竟冠以「徐電發嘗言」五字，於論及長調難於小調一則前則冠以「又曰」二字，此則令人大惑不解者，焉有明出己說，而反以爲他說之理乎？疑係後之鈔錄者以意妄加者。

九、詞苑叢談卷三、四、五共錄一百六十五則，較是編多錄十五則。

由以上所列二書異同之處觀之，可以推知：徐氏蓋以彭氏所輯詞藻一書爲本，復益以自輯之十五則，分訂三卷，題曰「品藻」，輯入其詞苑叢談，一如其卷一體製類乃據彭氏詞統源流一書爲本，復別自增輯而成者然。

有學海類編本（集餘三、文辭類所收）、叢書集成初編本（據學海類編本排印）等。

詞家辨證　一卷

李良年輯

良年字武曾（或作符曾），秀水人。明崇禎八年生，嘗師事朱竹垞，後與朱氏齊名，稱朱李。又與兄繩遠、弟符並著詩名，時號三李。於詞不喜北宋，獨愛姜白石、吳夢窗，所作頗似之，蓋浙派詞人也。古文長於議論，爲長洲汪琬所推許。康熙十八年舉博學鴻詞，三十三年卒，年六十。有秋錦山房集，詞曰秋錦山房詞。清史有傳，列於文苑。

是編一如彭駿孫詞統源流、詞藻之例，蓋叢鈔各書而成。所鈔錄皆屬有關辨證之文，或辨證詞之作者；或分辨詞之作意；或考辨詞之眞僞；或訂正詞中訛字；或辨析詞調分合之舛誤；或辨明詞調起源之異說；要皆蒐采各家辨證之文而彙編成書，故名之曰「詞家辨證」。

今檢諸書比而觀之，是編所鈔錄之書有能改齋漫錄、苕溪漁隱叢話、詞品、藝苑卮言及皺水軒詞筌等。又與徐氏詞苑叢談卷十校之，則是編所錄各則文字、次序並與雷同焉。茲述其異同之處如后：

一、是編一卷，錄各家辨證之文凡四十五則，詞苑叢談卷十全錄之，題曰「辨證」，惟是編第二十四則「草堂詞話柳梢青岸草平沙一首，僧仲殊作」云云爲詞苑叢談所未錄，故詞苑叢談卷十僅得四十四則。案此則蓋錄自楊升菴詞品，惟原書首作「草堂詞」，是編詞下誤多一話字。

二、是編第二則引冷齋夜話辨東坡與少游維揚飲別作虞美人詞：「波聲拍枕長淮曉，隙月窺人小」一闋非賀方回作，文末未嘗有注，詞苑叢談引張文潛詩爲注。

三、是編第四則「南唐王感化善謳歌」云云，詞苑叢談所錄作：「南唐書云：王感化善謳歌」，南唐下多「書云」二字。

四、是編所錄大多未注出處，惟第四十三則辨陶穀風光好詞非曹翰作一則末注「藝苑卮言」，詞苑叢談沿之。

故是編亦鈔撮衆說成書，其後徐虹亭據以輯入詞苑叢談卷十。惟所錄多不著出典，乃自署「嘉興李良年武曾著」，似有剿襲他人之說以爲己有之嫌，蓋當時人多有此積習，不獨李氏也。

有學海類編本（集餘三、文辭類所收）、叢書集成初編本（據學海類編本排印）等。

詞壇紀事　三卷

李良年輯

案是編一如其詞家辨證一書，亦雜錄衆書而成，蓋采擇各家詞話，或歷代載籍中紀及詞人軼事之文以彙輯成書，故題曰「詞壇紀事」。

分上、中、下三卷，上卷凡錄五十六則，中卷七十一則，下卷六十八則，共一百九十五則。所引亦不著出處，間有附註之文，則於各則後低一格書之。

至其分卷之由，似無甚用意。惟比較觀之，上卷所載多紀帝王、將相詞人之軼事，如紀唐宣宗愛唱菩薩蠻、李後主故事、宋徽宗詩詞、宋相國趙元鎮、文文山等逸聞。中卷多紀兩宋詞家之軼事，如晏元獻、蘇東坡、柳耆卿、辛稼軒等。下卷多紀金、元時人及方外聲妓之事，如金人元遺山、元人趙子昂、方外洪覺範、葛長庚及聲妓聶勝瓊、陳鳳儀等。然非李氏特意安排，蓋偶然若此耳。如上卷有紀兩宋詞人張子野、范石湖者；中卷有紀南唐詞家張泌及營妓馬瓊瓊者；下卷有紀宋人周美成者，故其分卷編次，既非以時代之先後，亦非依事類之異同，蓋信手筆錄，第以篇幅之多而劃為三卷耳。

其所據以采錄之書，采自前人詞話者，有能改齋漫錄、苕溪漁隱叢話、詞品等，餘多采自歷代載籍中紀及詞人軼事之文，則無從一一詳考矣！徐虹亭據其上卷，復增益三則，共得五十九則，輯爲詞苑叢談卷六；據其中卷，復增益二十五則，共得九十六則，輯爲詞苑叢談卷七；據其下卷，復增益四十一則，共得一百三十六則，輯爲詞苑叢談卷八、卷九。是編原有附註之語，如上卷第五則末引耆舊續聞語爲註、第二十則末引鶴林玉露語爲註等，詞苑叢談並襲之。至是編未著出處之條，詞苑叢談間爲補綴之，如上卷第三十六則紀岳武穆送張紫陽北伐詩，又作小重山詞，未著出處，詞苑叢談乃首著「堯山堂外紀」，以示所出；中卷第四十二則紀東坡守錢塘，無一日不在西湖，亦未著出處，詞苑叢談乃首著「冷齋夜話」等。

以彭、李二氏所輯四書觀之，彭所輯者，一屬詞之體製，一屬詞之品藻；李所輯者，一爲詞家之辨證，一爲詞壇之紀事；所輯竟互不相犯。其後徐虹亭彙輯之，益以新增輯者，目曰體製、品藻、辨證、紀事，復別自增輯各家論及詞中音韻之語爲音韻一目，取各書紀載詞人諧聞趣事之文爲諧謔一目，采筆記小說中仙鬼志怪之說而有關乎詞者爲外編一目，遂成詞苑叢談一書，此殆彭、李二氏及徐氏所輯各書成書之梗概也。

有學海類編本（集餘三、文辭類所收）、叢書集成初編本（據學海類編本排印）等。

西圃詞說　一卷

田同之纂輯

同之字彥威，一字在田，濟南人。康熙舉人，官國子監助教。工詩，於王漁洋所說尤篤信謹守，有攻漁洋者必與之爭，輯有西圃叢辨。

是編卷前有田氏自序，序中述其纂輯之旨趣云：「今老矣！臥病岩間……自鄒、彭、王、宋、曹、陳、丁、徐以及浙西六家後，爲者寥寥，論者亦寡，行見倚聲一道，譌謬相沿，漸紊而漸熄矣！故不自揣於源流正變、是非離合之間，追述所聞，證諸所見，而諸家詞話之切要精微者，又復採擇之，參酌之，務求除魔外而準正軌，以成此填詞之說。」由是知是編蓋田氏晚年追述昔日之所聞所見，復採擇、參酌他人之要論以成書者。

編惟一卷，共九十一則。有出於己說者，有引自他書者，除間有著明其來歷者外（如第七則著明

「漁洋王司寇云」、第二十九則著明「竹垞朱檢討云」等），大多不著出處，故卷中何者爲其己說，何者爲他人之說，無由分辨，此其一失。

全書大抵首論詞體之源流（多與詩比論），次論詞中之旨趣，有品評詞之優劣者，有論述詞之作法者，卷末數則論平仄韻調。

觀卷中所錄，無論其爲己說或爲他人之說，皆足以見其論詞之宗旨焉。如第二十一則：「塡詞亦各見其性情，性情豪放者，強作婉約語，畢竟豪氣未除；性情婉約者，強作豪放語，不覺婉態自露。故婉約自是本色，豪放亦未嘗非本色也。」又第二十四則引陳眉公語曰：「幽思曲想，張、柳之詞工矣，然其失則俗而膩也；傷時弔古，蘇、辛之詞工矣，然其失則莽而俚也；兩家各有其美，亦各有其病。」田氏乃贊曰：「斯爲詞論之至公。」觀此可以知其持論，蓋取其折衷者也。又如第六十二則：「詞以神氣爲主，取韻者次之，鏤金錯采，其末耳。」是以詞中之神理氣韻爲上，以雕琢藻飾爲末技，所見甚卓。

今就全書考之，大約半爲己說，半爲采自他書者。所采書以錄自沈去矜塡詞雜說者最多，餘如王弇州詞評、彭駿孫金粟詞話、王阮亭花草蒙拾、賀黃公皺水軒詞筌及李羹堂雨村詞話序等，均略有采擇。凡所采錄，有引錄其全則者，有部分引錄者，如第四十六則：「小調要言短意長，忌尖弱」云云，引自塡詞雜說，一字不易；第八十一則：「作長調最忌演湊」云云，引自皺水軒詞筌，節取其半；又如第六十二則謂李氏、晏氏父子等爲詞之正宗云云，引自弇州詞評而前後均爲割棄。亦有略爲刪節其文字者，如第五十八則引董文友蓉塘詞話論詞與詩曲之界限，蓋采自詞苑叢談，而文字略有不同。

又所引間有訛誤之處，如第五十則：「塡詞結句，或以動蕩見奇，或以迷離稱雋」云云，見沈氏塡詞雜說，而首著「鄒程村曰」，實爲誤記。又第二十五則引樂府指迷：「詞要淸空，不要質實」云云，案此乃張玉田淸空之說，見所著詞源下卷，田氏所引樂府指迷，蓋明人雜湊謁託之書，乃沿其誤而不能辨。

大抵康熙間論詞之家，田氏而外，若徐虹亭、彭駿孫、李武曾輩，皆喜鈔撮前人舊說，或彼此衍襲，積之日久，卷帙遂多，上焉者乃整理排纂，分類編次而成書，次焉者或參以己說而付梓，下焉者逕以所輯刋而行之，亦號曰著作，此詞苑叢談、西圃詞說、詞統源流及詞壇紀事諸書之所由作也。

有古懽堂家刋本（附全集）、詞話叢編本（覆古懽堂家刋本）等。又德州田氏叢書西圃文說附，吳氏石蓮庵刻山左人詞晚香詞附。

(四) 附於詩話、詩文評或隨筆雜著者

雕菰樓詞話 一卷

焦 循撰

循字理堂（或作里堂），江蘇甘泉人。乾隆二十八年生，嘉慶六年舉人，不應禮部試，閉戶著書

。於經無所不治，尤精於易，著有易章句、周易補疏、易餘籥錄、孟子正義等。又通天算，著天元一釋、開方通釋諸書。於文最愛柳柳州，習之不倦，謂唐、宋以來，一人而已。有雕菰樓文集二十四卷、又詞三卷、詞話一卷。嘉慶二十五年卒，年五十八。歿後，阮元作傳，稱其學精深博大，名曰通儒，世謂不愧。清史有傳，列於儒林。

是編卷帙甚少，惟一卷，錄論詞之說十三則，蓋偶然涉筆，非專詣也。前三則述其論詞之旨趣，次三則研討詞韻，又次一則品評選詞家之偏見，末二則涉及辨正，其一辨萬氏圖譜於李白連理枝詞斷句之誤，其一辨朱氏詞綜所選張可久風入松詠九日詞多出一「燕」字，又歷舉人月圓詞有三處經竹垞改字，蓋據其所藏小山樂府校出者。

焦氏乃一介儒者，而亦不廢詞，非惟有此詞話之作，又有自塡之詞三卷，觀其第一則所論：「讀者多謂詞不可學，以其妨詩古文，尤非說經尙古者所宜，余謂非也。人稟陰陽之氣以生，性情中所寓之柔氣，有時感發，每不可遏，有詞曲一途分洩之，則使清純之氣常流行於詩古文。」遂謂詞之一道，其有益於經學者正不淺云云，可謂通人之識也。

至其論詞之見，如：「詞不難於長調而難於長句，詞不難於短令而難於短句，短至一、二字，長至九字、十字，長須不可界斷，短須不致牽連，短不牽連尙易，長不界斷，雖名家有難之者矣！」是乃深有心得之語。

焦氏頗致力於詞韻之研究，嘗取唐詞，盡擇其韻考之，爲唐韻考。謂詞韻無善本，以花間、尊前核之，其韻通叶甚寬，蓋寄情托興，不比詩之嚴也。毛大可稱詞本無韻，焦氏深然其說，遂歷引唐、宋人詞用韻之處，以爲詞本無韻之證。然此說當爲修正，謂唐、宋人作詞未嘗有通用之韻書（專爲作詞而設者）則可，謂詞本無韻，則語有未愜，蓋或用鄉音里語，或通用詩韻，皆所以用韻也。

又謂選詞家於選詞之見，多有所偏，如周公謹絕妙好詞所選皆同於己者，一味輕柔潤膩而已；黃玉林花菴詞選不名一家；朱竹垞所選詞綜規步草窗；皆以一偏之見，遂使學者不復周覽詞家之全貌云。

雕菰樓者，其讀書、著書之處，遂以名其書。

案是編罕見流傳，惟見於易餘籥錄所附，詞話叢編本亦據此刋出。

靈芬館詞話　二卷

郭　麐撰

麐字祥伯，號頻伽，自稱頻伽居士，又號靈芬館主，吳江人。乾隆三十二年生，嘉慶貢生。工詩古文辭，亦善丹青，醉後畫竹石，別有天趣。嘗仿司空表聖詩品，撰詞品十二則，深得三昧。有靈芬館詩、靈芬館詩話及續詩話等。於詞初以花間爲宗，中年憂患，遂有會於南宋諸家之旨。嘗錄嘉慶元年丙辰以前所作爲蘅夢詞，丙辰迄癸亥（嘉慶八年）之作爲浮眉樓詞，各二卷。又錄癸亥至丁卯（嘉慶十二年）所作曰懺餘、綺語二集，亦各二卷。道光二年壬午，郭氏寓樓不戒於火，丁卯以還所作詞稿，並付一炬，後從友好處鈔得一卷，題曰爨餘詞。晚年僑居嘉善以終，時道光十一年，年六十五。

清史有傳，列於文苑。

是編凡二卷，卷一三十五則，卷二四十一則，共七十六則。附於所著靈芬館詩話之末，蓋仿周草窗浩然齋雅談例也。

卷中所錄，除卷一第一則因追述詞之派別而論及歷代詞家，卷二第二十八則謂綿邈飄忽之音，最爲感人深至，引李後主「夢裏不知身是客，一晌貪歡」句，謂其感人獨絕者外，餘多紀近詞近事，其與友朋往來題詠之作，紀存亦夥。

明世張南湖論詞派有二：一曰婉約，一曰豪放。清謝枚如謂宋詞有三派：曰婉麗、曰豪宕、曰醞藉；又以宋人詠物之作但賦其形而未能摹其神者爲餖飣一派。今郭氏別創爲說，謂「詞之爲體，大略有四：風流華美，渾然天成，如美人臨粧，却扇一顧，花間諸人是也；晏元獻、歐陽永叔諸人繼之。」是爲「風流華美」一派。又謂「施朱傅粉，學步習容，如宮女題紅，含情幽豔，秦、周、賀、晁諸人是也；柳七則靡曼近俗矣！」是爲「含情幽豔」一派。又曰：「姜、張諸子，一洗華靡，獨標清綺，如瘦石孤花，清笙幽磬，入其境者，疑有仙靈，聞其聲者，人人自遠；夢窗、竹窗，或揚或沿，皆有新雋，詞之能事備矣。」是爲「獨標清綺」一派。繼謂：「至東坡以橫絕一代之才，凌厲一世之氣，間作倚聲，意若不屑，雄詞高唱，別爲一宗；辛、劉則粗豪太甚矣！」是爲「雄詞高唱」一派。蓋以姜、張諸子爲詞之正宗，卷二第六則論曰：「倚聲家以姜、張爲宗是矣！然必得其胸中所欲言之意，與其不能盡言之意，而後纏綿委折，如往而復，皆有一唱三歎之致。」其論詞之旨，蓋可見矣！

郭氏於清初詞家，盛推朱竹垞。其言曰：「本朝詞人，以竹垞爲至，一廢草堂之陋，首闡白石之風。詞綜一書，鑒別精審，殆無遺憾。其所自爲，則才力既富，採擇又精，佐以積學，運以靈思，直欲平視花間，奴隸周、柳、姜、張諸子，神韻相同，至下字之典雅，出語之渾成，非其比也。」又曰：「竹垞才既絕人，又能搜剔唐、宋人詩中之字冷儁豔異者，取以入詞，至于鎔鑄自然，令人不覺直是胸臆間語，尤爲難也！同時諸公，皆非其偶。」推崇可謂備至矣。

郭氏嘗作詞品十二則，以彷彿司空詩品之意，頗爲識者所賞，後楊伯夔續作十二首，郭氏於卷二第七則錄之，謂其語皆名儁，爰錄所作，以爲詞場歌吹云。

又卷中所輯佳篇儁句，絕少俗韻，足見郭氏鑒裁之精，如卷二所錄梅溪警句及錢謝菴風蝶令、季滄葦行香子等，類皆神韻超絕、詞意並工之作。

有靈芬館全集本、詞話叢編本（覆全集本）等。

雙硯齋詞話　一卷

鄧廷楨撰

廷楨字嶰筠，江寧人。乾隆四十年生，嘉慶進士。道光間，官兩廣總督，時值禁煙，與英人六接戰，英船皆敗退，不得入虎門。後調閩、浙，坐事戍伊犂，尋召回，官至陝西巡撫。精於吏治，亦勤於治學，於詩及古音韻學，所得尤深，著有詩雙聲疊韻譜、說文解字雙聲疊韻譜等。名其書室曰雙硯齋，所著書多以爲名，如雙硯齋詞、雙硯齋隨筆等。道光二十六年卒，年七十二。

案是編乃附於所著雙硯齋隨筆者，唐圭璋氏將此論詞部分凡十三則錄爲一卷，收入其詞話叢編，目曰：「雙硯齋詞話」，今從之。

是編雖卷帙寥寥，且鄧氏一生皆出入仕宦，然所論亦堪稱精微允當。如昔人品評梅詩，咸以林君復疏影、暗香二句爲千古絕調，詞亦有之，鄧氏遂拈出朱希眞之「引魂枝消瘦一如無，但空裏疏花數點。」姜白石之「長記曾携手處，千樹壓西湖寒碧。」一狀梅之少，一狀梅之多，皆神情超越，誠寫生獨步，於此足見其鑒識之精拔也。

至其品評詞家，最爲平允精審，頗足折衷前人之異說。如耆卿、東坡、稼軒三家，昔人論之者，毁譽不一，鄧氏則謂耆卿詞雖率多冶遊輕浮之作，然雨霖鈴之「今宵酒醒何處？楊柳岸，曉風殘月。」雪梅香之「漁市孤煙裊寒碧。」差近風雅。八聲甘州之「漸霜風淒緊，關河冷落，殘照當樓。」乃不減唐人。「遠岸收殘雨」一闋，亦通體清曠，滌盡鉛華。蓋時亦有其佳處，未能盡掩也。謂東坡以龍驤不羈之才，樹松檜特立之操，故其詞清剛雋上，囊括羣英，昔人雖有銅琶鐵板之譏，然如卜算子「缺月挂疎桐」一闋，涪翁稱之爲「不食人間煙火」。他如蝶戀花「枝上柳棉」等句，和章質夫楊花水龍吟「曉來雨過」等句，皆能簸之揉之，高華沈痛，遂爲石帚導師。謂稼軒詞自有兩派，非僅豪邁而已，當分別觀之，如金縷曲、沁園春、水調歌頭諸作，誠不免一意迅馳，專用驕兵，若祝英臺近「是他春帶愁來」等句，摸魚兒「更能消幾番風雨」等句，皆獨繭初抽，柔毛欲腐，平欺秦、柳，下轢張、王，宗之者固僅襲皮毛，詆之者亦未分肌理也。凡此皆屬平允之論。

他如白石、玉田二家，亦備致其推崇之意，謂「詞家之有白石，猶書家之有逸少，詩家之有浣花，蓋緣識趣既高，興象自別，其時臨安半壁，相率恬熙，白石來往江、淮，緣情觸緒，百端交集，託意哀絲。」謂玉田詞：「論者以爲堪與白石老仙相鼓吹，要其登堂拔幟，又自壁壘一新。」亦自有其獨特之見。

案是編世鮮單行之本，惟見於雙硯齋隨筆所附，詞話叢編據以采錄。

詞概　一卷

劉熙載撰

熙載字伯簡，一字融齋，晚號寤崖，江蘇興化人。嘉慶十八年生，道光二十四年進士，授編修，官至左中允。治經無漢、宋門戶，於學無所不窺，外而潔身修行，與宋儒相表裏，日有所得，隨筆記載，成持志塾言二卷。又探討古人詩、賦、古文、詞曲、書法、經義，深造淵奧，成藝概六卷。其自著詩文，則總萃之爲昨非集四卷。後主講上海龍門書院以終，時光緒七年，年六十九。

所著藝概一書，自詩文及經義，皆有概述，於詞尤多洞微之言；唐圭璋氏遂析其論詞之說，輯入詞話叢編。全書共一百一十六則，前六則泛論詞之本質、起源；次四十七則歷評自唐迄金、元各詞家，所評皆唐、宋以來名家，惟不及李後主與李易安；又次至卷末，雜論詞中鍊字、鍊句、構章、用韻之法及點染、寄託諸妙旨。全書條次分明，井然有序，且語語透闢，莫非深造有得之言。

其中品評詞家而所見精審者，如「耆卿詞細密而妥溜，明白而家常，善於敘事，有過前人，惟綺羅香澤之態，所在多有，故覺風期未上耳。」（第十五則）又：「蘇、辛皆至情至性人，故其詞瀟灑卓犖，悉出於溫柔敦厚，或以粗獷託蘇、辛，固宜有視蘇、辛爲別調者哉！」（第三十二則）又：「文文山詞有風雨如晦、雞鳴不已之意，不知者以爲變聲，其實乃變之正也，故詞當合其人之境地以觀之。」（第四十六則）

其評論詞家之旨，最重其品，於兩宋詞人東坡、少游、稼軒、白石四家，甚爲稱道。評東坡曰：「東坡詞頗似老杜詩，以其無意不可入、無事不可言也，若其豪放之致，則時與太白爲近。」（第十六則）又曰：「東坡詞具神仙出世之姿。」（第二十則）評少游曰：「秦少游詞得花間、尊前遺韻，却能自出清新。」（第二十三則）評稼軒曰：「稼軒詞龍騰虎擲，任古書中理語、瘦語，一經運用，便得風流，天姿是何㚥異！」（第三十一則）評白石曰：「姜白石詞，幽韻冷香，令人挹之無盡，擬諸形容，在樂則琴，在花則梅也。」（第三十五則）至於美成、邦卿二家，則頗致抑詞，謂：「美成詞信富豔精工，只是當不得個貞字。」（第二十八則）又謂：「周美成律最精審，史邦卿句最警鍊，然未得爲君子之詞者，周旨蕩而史意貪也。」（第二十九則）

至論詞中妙詣，亦多精粹之言，如「詞或前景後情，或前情後景，或情景齊到，相間相融，各有其妙。」（第五十九則）「詞要放得開，最忌步步相連；又要收得回，最忌行行愈遠；必如天上人間，去來無迹，斯爲入妙。」（第六十二則）「詞要恰好，粗不得，纖不得，硬不得，輭不得，不然非傖夫，即兒女矣！」（第九十四則）「詞澹語要有味，壯語要有韻，秀語要有骨。」（第九十六則）

凡此莫不字字珠璣，誠倚聲家可寶之圭臬也。

綜全書言之，所論或不免爲古人所已言者，或言之而尙有可商榷者，如謂晚唐、五代詞爲變調，元遺山集兩宋之大成諸說，謝枚如氏已致其疑，然精切之處爲多，嘉興沈子培評之曰：「止庵而後，論詞精當，莫若融齋。涉獵旣多，會心特遠，非情深意超者，固不能契其淵旨，而得宋人詞心處，融齋較止庵眞際尤多。」（見菌閣瑣談第八則）洵屬確評。

藝概一書，有同治癸酉原刻本、古桐書屋遺書本、北京富晉書社排印本、民國二十五年開明書店校印本（據原刻本校印）等，至詞話叢編本，蓋自藝概析出而別自成卷者。

（五）附於全集、詞集或詞選者

西河詞話　二卷

毛奇齡撰

奇齡字大可，一字齊于，本名甡，字初晴，學者稱西河先生，浙江蕭山人。明熹宗天啓三年生，爲明季諸生，淸康熙十七年，擧博學鴻詞，授翰林院檢討，預修明史，後乞病歸。氏博覽載籍，著述宏富，尤好說經；文亦縱橫捭闔，睥睨一世。所著分經集、文集，經集凡五十種，文集合詩、賦、雜著，共二百三十四卷。亦工詞，所作曰當樓集。康熙五十五年卒，年九十四。淸史有傳，列於儒林。

據毛氏西河全集自稱，此書本有四卷，佚其二卷，不敢贋補，故僅以其半刊行。卷一有二十一則，卷二有十五則，共三十六則。

奇齡詩詞並工，所作大抵託之美人香草，纏綿綺麗；又善度曲吹簫，是其塡詞之功，更優於詩，故論詞時有確鑿之語，如所述詞曲演變爲雜劇之始末，頗爲精詳，而卷中所載詞家軼事，多爲他書所不見，後人引用者亦少。惟疎誤之處，亦往往而有，如論沈去矜詞韻一條，謂「詞本無韻，故宋人不製韻，任意取押，雖與詩韻不遠，然要是無限度者。」復歷引舊詞之失韻者爲無韻之證，此論昭代叢書楊氏已駁之，而四庫提要以爲精核，江秋珊詞學集成謂紀氏之評，貽誤後學不淺，蓋紀氏於詞不屑爲，故所論未允耳。夫宋詞皆可入樂，韻本天籟，未有四聲以前，三百篇未有無韻者，豈唐以後入樂之詞而不用韻乎？

又憶江南一詞，原名謝秋娘，乃李贊皇鎭浙西日爲亡姬謝秋娘作，毛氏乃以爲隋煬帝所撰，張禹麓詞徵謂其誤從海山記之言，而未知其爲後人譌託也。

此外，四庫提要亦嘗指摘其失誤者多處，如以鮑照梅花落爲詞之始，提要議之曰：「漢代鐃歌何嘗不句有短長，亦以爲詞之始乎？」此其一。又西廂記相女配夫之相，提要謂「本爲相度之相，今尙有此方言，而引孫復相女不以嫁公侯，乃以嫁山谷衰老語，以爲宰相之相，則牽引附會，仍蹈結習。」此其二。又謂宋末安定郡王趙令時始作商調鼓子詞譜西廂傳奇，據紀氏考知：令時卽蘇軾集所稱之趙德麟，實非宋末之人。此其三。

綜上所述，似毛氏此書，得少失多，而提要總評之曰：「奇齡是編，雖不及徐釚詞苑叢談之採撫繁富，門目詳明，然所敍論，亦足備談資。」是書價値，固大要如是，然與詞苑叢談比論，似有不類，蓋叢談乃採輯他說而成，毛氏此書，則出自己作也。又提要議其遠溯六朝樂府爲詞之始，蓋與程明善嘯餘譜之主風詩者同一探源之論，固未可厚非也。

又是編爲附於西河全集者，四庫提要、八千卷樓書目及范希曾書目答問補正著錄，但作「詞話」，今從唐圭璋詞話叢編所題，冠以「西河」二字曰「西河詞話」。

有原刊西河全集本（文集所收）、四庫全書本（集部、詞曲類所收）、賜硯堂叢書新編本（一卷，乙集所收）、昭代叢書本（一卷，丁集新編所收）、上海古書流通處石印本、涵芬樓排印本、詞話叢編本（覆全集本）、民國二十五年開明書店校印本（自西河全集抽印，與詩話合刊）等。

銅鼓書堂詞話　一卷

查　禮撰

禮字恂叔，一字儉堂，號鐵橋，又號榕巢，宛平人。康熙五十五年生，乾隆間，以道員隨征金川，專司督運，擢四川布政使，升湖南巡撫，未至任卒，時乾隆四十八年，年六十八。工繪事，所寫山水花鳥，俱極精緻，尤善畫梅。

案是編凡一卷，僅得十五則，所載多屬紀事之文，蓋隨手錄成。前十三則紀宋代詞家故實而足爲詞壇之佳話者，後二則紀時人揚州鄭板橋及茂州陳時若事。篇帙雖少，然所紀多他書未見，且記載詳備，凡事之始末，與夫其人之字號、里貫、生平、著作等，皆一一表出，足爲考知詞家身世之資。以其擅長畫梅，故第一則卽錄宋人吳夢窗、李賓房、李秋崖賦落梅名句，第三則紀蕭泰來詠梅詞，皆風格雅正淡遠，而寓意柔婉深長之作。蓋其興緻所在，故於此別具鑒裁。由其平日於此道多所留心，故凡有與梅花相關之故實，亦備錄之，如第二則紀宋寶慶初，史彌遠廢立之際，錢塘陳宗之等以梅詩坐流配罪，遂詔禁士大夫作詩，一時詩家皆改作長短句云。此事始末，查氏詳爲記載，謂「此可備梅花大公案」云。多紀梅詞梅事，可謂乃是編之一大特色。

卷中絕少述其一己論詞之見，偶於紀事間穿插一、二語，如「情有文不能達、詩不能道者，而獨於長短句中，可以委宛形容之。」（第六則）「詞不同乎詩而後佳，然詞不離乎詩方能雅。」（第七則）皆非蹈襲之見可比。

是編以「銅鼓書堂」爲名者，蓋其書齋之名，因以爲書之名也。

案是編世罕傳本，惟見於銅鼓書堂遺稿中，民國十三年，天津金鉞刋屛廬叢刻收之，詞話叢編所刋，則錄自遺稿。

介存齋論詞雜著　一卷

周　濟撰

濟字保緒，一字介存，號未齋，晚號止庵，江蘇荆溪人。嘉慶十年進士，官淮安府教授。少與同郡李兆洛、涇縣包世臣，以經學相切磋。晚年隱居金陵春水園，潛心著述。所著除是編外，有晉略、說文字系、韻原、介存齋詩、柳下詞、味雋齋詞、詞辨（原十卷，今存二卷）等，又輯有宋四家詞選。清史有傳，列於文苑。

清初詞人，有所謂前七家、後七家之目，周氏與張惠言、龔自珍、蔣春霖、項昌祚、蔣敦復、許宗衡諸人，世稱前七家，蓋爲常州一派詞人也。

是編凡一卷，五十則，所論頗多精當之語，如論作詞之法則云：「學詞先以用心爲主，遇一事，見一物，卽能沈思獨往，冥然終日，出手自然不平，次則講片段，次則講離合，成片段而無離合，一覽索然矣！次則講色澤、音節。」所言切要入理，堪資循守。

卷中各則，泰半皆品評詞家之優劣，亦頗有獨具之見解。如柳耆卿詞，世多病之，周氏則謂其「鋪敍委婉，言近意遠，森秀幽淡之趣在骨。」又如蘇、辛二家，世所並稱，其詞之優劣，或以爲未易軒輊，周氏則頗揄揚稼軒，謂「蘇之自在處，辛偶能到，辛之當行處，蘇必不能到，二公之詞，不可同日語也。」餘如韋端己、周美成諸家，皆備足稱道，於姜白石、陳西麓諸家，則頗有微辭。謂端己詞「清豔絕倫」。於美成則盛稱：「讀得清眞詞，多覺他人所作，都不十分經意。」又曰：「鉤勒之妙，無如清眞，他人一鉤勒便薄，清眞愈鉤勒愈渾厚。」可謂推崇備至矣！評白石詞，則謂其「如明七子詩，看是高格響調，不耐人細思。」又謂其「以詩法入詞，門徑淺狹，如孫過庭書，但便後人模仿。」謂西麓「疲輭凡庸，無有是處。」凡此雖非確論，然亦有深具獨見之處，非人云亦云者可比。

唐圭璋所輯詞話叢編本卷末附周氏附記一篇，述其詞辨一書散佚補緝之經過。又附錄周氏道光十二年所作宋四家詞選目錄序論，由此亦足可概見周氏論詞之旨。

案周氏詞辨一書，原有十卷，蓋唐、宋詞之選本，其中第九卷爲本事詞話，惜不戒於水，爾後稍稍追記，僅得其一、二兩卷，今所傳者，惟此殘本而已。

至所輯宋四家詞選，蓋以淸眞、稼軒、碧山、夢窗四家爲領袖，而以晏同叔等四十三人附之，謂作詞當「問塗碧山，歷夢窗、稼軒，以還淸眞之渾化。」可謂別具鑒裁。雖所選以周、辛、王、吳爲冠，晏、范、歐、蘇，則列爲附庸，未免驚世駭俗，然但論其詞，原非論其人也。

所附四家詞選「序」一篇，大抵示人以學詞之途徑，要皆閱歷甘苦之言。「論」一篇，集其論詞之說三十九則，與論詞雜著中所言大略同旨，惟於白石稍有稱道語，謂白石詞「脫胎稼軒，變雄健爲淸剛，變馳驟爲流宕，蓋二公皆极熱中，故氣味吻合。」然於白石詞之俗濫處、寒酸處、補湊處、敷衍處、支處、複處，一一指出，蓋微致褒辭，實仍貶之也。

案是編頗屬罕覯，今惟見道光二十七年刋、光緒間重刋（卽徐仲可所校）本詞辨末所附者，詞話叢編所輯本，蓋自此錄出。又詞學小叢書之十：詞學研究第四輯亦收。今廣文書局合刻周氏宋四家詞選及譚評詞辨，卷末亦附。

樂府餘論　一卷

宋翔鳳撰

翔鳳字虞庭（或作于廷），長州人。乾隆四十一年生，嘉慶舉人，官知州。精研經學，有浮溪精舍叢書。所著詞曰洞簫詞，又有香草詞。咸豐十年卒，年八十五。

是編一卷，論詞僅十五則，附於詞集之後。蓋作詞之餘，附論所見者，故曰「餘論」。又卷中嘗歷引宋、元人載籍，證知宋、元間詞卽是曲，曲卽是詞，其後度曲者但尋其聲，製詞者獨求於意，詞曲遂致分途耳。宋氏欲求合於古意，故不曰詩餘，不曰長短句，亦不曰詞，特稱「樂府」。

所載雖僅寥寥十五則，然每則或紀事，或辨證，皆詳爲論述，故篇幅亦自不少，且所見每多可取。如第八則探討慢詞之起源，詳述柳耆卿及其前後諸家作詞之風氣，遂論定慢詞始自耆卿。第九則推求草堂詩餘之作者及編集是書之由云：「草堂詩餘，宋無名氏所選，其人當與姜堯章同時。堯章自度腔無一登入者，其時姜名未盛，以後如吳夢窗、張叔夏，俱奉姜爲圭臬，則草堂之選，在夢窗之前矣。……草堂一集，蓋以徵歌而設，故別題春景、夏景等名，使隨時卽景，歌以娛客，題吉席、慶壽，更是此意。其中詞語，間與本集不同，其不同者恒平俗，亦以便歌，以文人觀之，適當一笑，而當時歌伎，則必需此也。」言之頗爲中理。

偶及品評，亦自具特識。如評耆卿：「柳詞曲折委婉，而中具渾淪之氣，雖多俚語，而高處足冠羣流。」評白石：「詞家之有姜石帚，猶詩家之有杜少陵，繼往開來，文中關鍵。其流落江湖，不忘君國，皆借託比興，於長短句寄之。」

卷末附同治庚午江山劉履芬跋，述其與宋氏過從之雅，又謂宋氏著作極多，尤善述乾、嘉軼事，並獲贈宋氏洞簫詞，謂刻於道光己丑（卽道光九年），樂府餘論一卷，附於詞後，則是編之作，當在道光九年以前也。

有浮谿精舍叢書本、雲自在龕叢書本（第四集名家詞、碧雲盦詞附）、詞話叢鈔本、詞話叢編本（據同治間劉履芬重刋洞簫詞所附錄入）等。

蒿庵論詞　一卷

馮　煦撰

煦字夢華，號蒿庵，金壇人。道光二十三年生，光緒十二年進士，授編修，官至安徽巡撫。居官廉潔好施，講學以有耻爲的，重躬行實踐，文章爾雅，晚境至鬻文自給。嘗編宋六十一家詞選，自作曰蒙香室詞，如皋冒鶴亭評其詞：「幽咽怨斷，感遇爲多。」民國十六年卒，年八十五。

是編凡一卷，論詞四十三則。所論泰半爲評隲兩宋詞家者，間亦涉及考訂，論及詞韻。其於宋代詞家，如晏元獻、歐陽文忠、柳耆卿、蘇東坡、秦少游、晏小山、辛稼軒、陸放翁、姜白石、吳夢窗、劉後村、蔣竹山諸大家，均有所評，而尤於耆卿、少游、白石三家，最爲推許。耆卿詞獲謗數矣，而馮氏則一反常說，譽其詞「曲處能直，密處能疏，奡處能平，狀難狀之景，達難達之情，而出之以自然，自是北宋巨手。」雖不無推許過當之處，要是別具見識者也。繼曰：「然好爲俳體，詞多媟黷，有不僅如提要所云以俗爲病者。避暑錄話謂凡有井水飲處，卽能歌柳詞，三變之爲世詬病，亦未嘗不由於此，蓋與其千夫競聲，毋寧白雪之寡和也。」則誠精微之論矣！大抵耆卿詞俗濫是其一病，然佳處亦往往而有，未可盡廢也。

其於少游，謂其「以絕塵之才，早與勝流，不可一世，而一謫南荒，遽喪靈寶，故所為詞，寄慨身世，閑雅有情思，酒邊花下，一往情深，而怨悱不亂，悄乎得小雅之遺，後主而後，一人而已！」又曰：「昔張天如論相如之賦云：『他人之賦，賦才也；長卿，賦心也。』予於少游之詞亦云：『他人之詞，詞才也；少游，詞心也。』得之於內，不可以傳，雖子瞻之明儁，耆卿之幽秀，猶若有瞠乎後者，況其下邪？」可謂推崇之至矣！

於白石則譽之曰：「白石為南渡一人，千秋論定，無俟揚搉。」又稱其所作「超脫蹊逕，天籟人力，兩臻絕頂，筆之所至，神韻俱到。」所評未免過譽，與周止庵之極抑白石，皆有所偏。大抵白石詞長於審音創調、鍛鍊字句，故宗格律者以之為高；然短於意境、情味，故主情趣者不以為然；是以各家所評，為毀為譽，見仁見智。

案是編附刻於所著宋六十一家詞選，詞話叢編本即據之刋出。

褒碧齋詞話　一卷

陳　銳撰

銳字伯弢，湖南武陵人。光緒十九年癸巳舉人，官江蘇知縣。名其讀書處曰褒碧齋，有褒碧齋集。

論詞凡四十一則，釐爲一卷。卷中所論，或言詞之用字，或評隲詞家、詞選之優劣，或訂正詞律之疏誤。

其品評詞家之最堪注意者，厥爲揄揚柳詞。蓋耆卿詞好用俳體，易流於俗，故屢獲訾議，歷來詞話家毀之者多，而譽之者絕少，獨馮夢華推爲北宋巨手，揚波於前，陳氏乃推瀾於後，又得鄭叔問氏之鼓吹，世之菲薄柳詞者，遂爲一變。陳氏謂：「柳屯田不著筆墨，似古樂府。」又謂：「詞源于詩而流爲曲，如柳三變，純乎其爲詞矣乎！」又嘗以院本、小說擬屯田及淸眞詞曰：「屯田詞在院本如琵琶記，淸眞詞如會眞記。」「屯田詞在小說中如金瓶梅，淸眞詞如紅樓夢。」所擬雖不盡恰切，然亦有其近似之處。蓋柳詞出於本色，是其一長，每流於俗調，是其一病；極端貶抑，固欠公允，過於推獎，亦有未當。以辭章一道，好尙各殊，見仁見智，初不必悉同古人，或獨標異說，要在所見中肯耳。

陳氏於北宋詞家，推重周、柳，於南宋則以白石、夢窗爲領袖，謂「白石似稼軒之豪快而結體於虛，夢窗變美成之面貌而鍊響於實，南渡以來，雙峯並峙，如盛唐之有李、杜矣。」推崇可謂備至矣！

除兩宋詞家外，其於同時朋輩，亦多所置評，如王幼遐、易實甫、況夔笙等十五家，均有評論。或問：「君詞自謂何如？」應之曰：「天分太低，筆太直，徒能以作詩之法作詞耳。」其虛衷與自知之明，甚爲可取。

又評納蘭容若詞曰：「詞有天籟，小令是已。本朝詞人，盛稱納蘭成德，余讀之，但覺千篇一律，無所取裁。」案容若詞稱許者多矣，或謂其詞以情勝，或謂集中散璣碎玉，字字可寶，甚而有擬之爲李後主者，夫容若之博得美譽，可謂甚矣！而陳氏獨謂其「千篇一律，無所取裁。」其獨抒己見，不人云亦云之態度，頗堪稱道。今試取納蘭詞讀之，所感確有如陳氏所言者，蓋其詞偶有情韻生動之作，然多則流爲俗套，與後主之寄慨深沈者，自遜一籌。

又萬紅友詞律一書，舛誤之處頗多，前人每爲糾之；光緒初，杜筱舫氏復詳加校勘，乃燦然大備。然杜氏亦有疏略之處，陳氏亦爲訂正不少。又康熙間王奕清、沈辰垣等奉敕編定之御選歷代詩餘，卷中別錄詞人姓氏，率多顚倒錯誤之處，陳氏亦訂正六處。

綜言之，此書論詞之最可取者，乃陳氏不顧流俗，獨持己見之精神，姑不論其所言確切與否，其不隨人道黑白之獨標氣格，允足稱道。

有譚延闓等校印𡨥碧齋集本（詞話附），詞話叢編本卽析自𡨥碧齋集。

詞　論　一卷

張祥齡撰

祥齡字子苾，漢川人。嘗與北海鄭文焯、漢壽易順鼎、易順豫、錦江蔣文鴻等，舉詞社於吳，相與唱和。詞宗白石，有半篋秋詞。

是編一卷，論詞僅得十則，蓋附於所著半篋秋詞者，題曰「詞論」，唐圭璋氏輯詞話叢編，特爲析出。

卷中所論之最具特色者，厥惟於詞學歷史遞嬗之跡，運會之趨，多所精論。如曰：「詩至唐末，風氣盡矣，詞家起而爭之；如文至齊、梁，風氣盡矣，古文家起而爭之。」又曰：「詞至白石，疏宕極矣，夢窗輩起，以密麗爭之；至夢窗而密麗又盡矣，白雲以疏宕爭之。三王之道若循環，皆圖自樹之方，非有優劣，況人之才質限於天，能疏宕者不能密麗；能密麗者不能疏宕，片玉善言羈旅，白雲善言隱逸，終身由之而不知其道者，天也。」又曰：「文章風氣，如四序遷移，莫知爲而爲，故謂之運。……昌黎起八代之衰，亦運使然。南唐二主、馮延巳之屬，固爲詞家宗主，然是勾萌，枝葉未備，小山、耆卿而春矣，清眞、白石而夏矣，夢窗、碧山已秋矣，至白雲，萬寶告成，無可推徙，元故以曲終之，此天運之終也。」於詞學盛衰演變之脈絡，言之分明而深微。

至其評隲詞家，亦有精確之見，如：「辛、劉之雄放，意在變風氣，亦才祇如此，東坡不耐此苦，隨意爲之，其所自立者多，故不拘於詞中求生活，若夢窗舍詞外莫可豎立，故殫心血爲之，是丹非朱，眼光未大。」又如：「尙密麗者，失於雕鑿，竹山之鷺日瓊絲，鴛日繡羽，又霞鑠簾珠，雲蒸篆玉，翠簞翔龍，金樅躍鳳之屬，過於澀鍊，若整疋綾羅，剪成寸寸，七寶樓臺，蓋薄之之辭，吳中七子，流弊如此，反是者又復鄙俚，山谷之村野，屯田之脫放，則傷雅矣！」所論皆能深探微旨，洞見癥結。故是編雖卷帙寥寥，而論評多精切透闢，亦不失爲論詞之佳作也。

有半篋秋詞本、詞話叢編本（覆半篋秋詞本）等。

（六）出自弟子之彙輯編訂者

復堂詞話　一卷

譚　獻撰

獻初名廷獻，字仲修，號復堂，仁和（今杭州）人。道光十二年生，同治六年丁卯舉人，官知縣，不數年，卽歸隱。同、光間以詞名於世，與丹徒莊中白（棫）齊名，稱譚莊；又工駢文。著述甚富，於詞學致力尤深，嘗審定唐至明人詞爲復堂詞錄十卷；又選淸順、康至同、光間詞家之作爲篋中詞六卷，鑒裁精審，學者奉爲圭臬；復評點駢體文鈔及周止庵詞辨，皆能度人金鍼；亦近代詞壇一宗師也，所著詞曰復堂詞。光緒二十七年卒，年七十。

是編蓋譚氏弟子徐仲可（珂）就譚氏論詞諸說之散見文集、日記及所選篋中詞、所評周止庵詞辨者，彙輯編訂而成；書成於光緒二十六年庚子，譚氏遂名之曰復堂詞話。

所錄凡一百三十則。首四則錄自復堂詞錄敍、篋中詞敍、周氏止庵詞辨跋及復堂詞自敍。自第五則至第二十八則，錄評洎周止庵詞辨語，自唐溫飛卿迄南宋蔣竹山，凡二十五家，就詞辨原分卷次，於各闋一一綴以評語，徐氏於所錄評語下以小字註明所評何家、何調？並引其起句。如評飛卿詞：「猶是盛唐絕句。」註曰：「評溫庭筠夢江南，起句梳起罷。」若連評數闋，則錄其首闋起句，如評後主詞：「二詞終當以神品目之。」又：「後主之詞，足當太白詩篇，高奇無匹。」註曰：「評李後主虞美人二闋，首闋起句：風廻小院庭蕪綠。」自第二十九則至七十六則，錄自復堂日記；第七十七則至卷末，錄自篋中詞；皆其平日論詞之語。

譚氏詞蓋效常州詞派者，篋中一選，卽欲衍張皋文、周止庵之餘緒，故所論於張、周二氏頗致揄揚之語，而於浙派詞人，則頗多抑詞，謂「浙派爲人詬病，由其以姜、張爲止境，而又不能如白石之澀，玉田之潤。」蓋不屑於其「刻畫二秦，皮傅姜、張」（譚氏日記語）者也。其於張皋文所選詞譽之曰：「茗柯詞選（卽宛鄰詞選）出，倚聲之學，日趨正鵠。」評周止庵詞曰：「止庵自爲詞，精密純正，與茗柯把臂入林。」又曰：「近時頗有人講南唐、北宋，淸眞、夢窗、中仙之緒既昌，玉田、石帚，漸爲已陳之芻狗，周介存有『從有寄託入，以無寄託出』之論，然後體益尊，學益大。」故譚氏論詞，蓋奉常州一派爲正宗，而以浙派朱、厲諸人爲餖飣、學究之詞。

其於淸代詞家，頗推尊蔣鹿潭、納蘭容若及項蓮生三家，謂蔣氏水雲樓詞：「婉約深至，時造虛渾，要爲第一流矣。」謂項蓮生憶雲詞：「篇旨淸峻，託體甚高，一掃浙中喘膩破碎之習。」又謂：「文字無大小，必有正變，必有家數。水雲樓詞固淸商變徵之聲，而流別甚正，家數頗大，與成容若、項蓮生，二百年中，分鼎三足。」復以三家爲詞人之詞，而王阮亭、錢葆馚一流爲才人之詞，張皋文、周止庵一派爲學人之詞，餘則旁流羽翼而已。

至其論詞之旨，特拈出「柔厚」二字。跋周氏詞辨云：「予固心知周氏之意，而持論小異，大抵周氏所謂變，亦予所謂正也，而折衷柔厚則同。」蓋周氏以溫、韋、馮、晏、周、柳、夢窗、玉田及李清照諸家爲正，而以李後主、范希文、蘇、辛、陸、劉及姜堯章、蔣竹山諸家爲變，於此亦可見譚氏論詞所主矣。

有心園叢刊本（一集所收）、詞話叢編本（覆心園叢刊本）等。

第五編　民國詞話敍錄

（一）　別自成卷而爲詞話專書者

(1)　泛論詞中旨趣者

人間詞話　　三卷

王國維撰

國維字靜安，亦字伯隅，號觀堂，浙江海寧人。光緒三年生，以諸生留學日本。早歲治詞曲，於哲學所得尤深；後就學上海東文學社，始究心西學；晚乃專力經史，於古文字、器物之學，尤多創獲，爲世推重；嘗主清華大學研究院，裁成甚衆。民國十六年六月二日，以憤世自沈於北平頤和園昆明湖，年五十一。清廢帝私謚之曰忠慤。著作甚多，經彙刊爲海寧王靜安先生遺書。其觀堂集林，則手定之本也。至論詞曲之作，除是編外，又有宋元戲曲史等，多獨特之見。所作詞曰苕華詞（原名人間詞甲乙稿）。又朱彊邨嘗刪定其詞爲觀堂長短句一卷，刋入滄海遺音集。

案是編初得一卷，論詞六十三則，脫稿於宣統二年庚戌，時王氏年僅三十四。此卷初刋載於國粹學報，民國十五年，俞平伯氏始錄付樸社印單行本。民國十六年，其弟子趙萬里遂以王氏遺著未刋稿爲主，復自他處彙輯評蕙風、彊邨者附諸後，共得四十三則，刊於小說月報。迨王忠慤公全集印行，編者全爲迻采，析爲二卷，以舊刊爲上卷，趙輯爲下卷。民國二十四年，唐圭璋氏輯詞話叢編，一仍舊貫。全集爲石印本，頗有譌闕，叢編踵襲之，未嘗斠正。民國二十八年，徐調孚氏乃以全集二卷本爲據，悉發原載諸誌校之，並爲作註，復就王氏唐五代二十一家詞輯諸跋、清眞先生遺事及觀堂集林中節錄有關品藻之辭十六則，並光緒三十二年丙午及三十三年丁未題山陰樊志厚所撰人間詞甲乙稿敍，麗諸簡末，以爲補遺一卷，合爲三卷，民國二十九年九月，開明書店初版印行。後陳乃乾氏見王氏舊藏六一詞、片玉詞及詞辨眉間有手寫批語，乃爲錄出，凡七則，民國三十六年再版時，徐氏又采附補遺之末焉。

是編膾炙人口者久矣，其論詞頗多精湛獨到之見，而境界之說，尤透闢入妙。謂「詞以境界爲最上，有境界則自成高格，自有名句。」又謂「有造境，有寫境，此理想與寫實二派之所由分。」「有有我之境，有無我之境。」「有我之境，以我觀物，故物皆著我之色彩；無我之境，以物觀物，故不知何者爲我？何者爲物？」上卷卷首九則，歷論境界，蓋全書中心旨趣之所在也。自第十則以下，大抵依時代先後爲序，品評歷代詞家，其間亦多創見，尤於李後主最爲深契，最所推重，其言曰：「詞至李後主而眼界始大，感慨遂深，變伶工之詞而爲士大夫之詞。」又曰：「詞人者，不失其赤子之心也。故生於深宮之中，長於婦人之手，是後主爲人君所短處，亦卽爲詞人所長處。」又曰：「客觀之詩人不可不多閱世，閱世愈深，則材料愈豐富，愈變化，水滸傳、紅樓夢之作者是也；主觀之詩人，不必多閱世，閱世愈淺，則性情愈眞，李後主是也。」言之透切，是眞知後主者也。

王氏又有隔與不隔之說，謂隔「如霧裏看花」，若「語語都在目前」，則爲不隔，雖亦言之精切，然似前有所本，如六一詩話載梅聖俞論詩之言曰：「狀難寫之景，如在目前，含不盡之意，見於言外。」如在目前，卽是不隔，王氏其亦有得於斯歟！

其於歷代詞家，五代喜李後主、馮正中，而不喜花間。北宋喜同叔、永叔、子瞻、少游，而不喜美成。南宋只愛稼軒一人，於白石則謂其格調甚高，惜不於意境上用力，故覺無言外之味，絃外之響，終不能與於第一流作者；尤痛詆夢窗、玉田，謂夢窗砌字，玉田壘句，一雕琢，一敷衍，其病不同，而同歸於淺薄，六百年來，詞之不振，實自此始云云。至於淸代詞家，於納蘭容若最爲推許，謂其以自然之眼觀物，以自然之舌言情，故能眞切如此，乃許爲「北宋以來，一人而已！」

嘗論詞中用字曰：「詞忌用替代字，美成解語花之桂華流瓦，境界極妙，惜以桂華二字代月耳。」宋人沈伯時樂府指迷則謂：「說桃不可直說破桃，須用紅雨、劉郞等字；說柳不可直說破柳，須用章臺、灞岸等字。」二說恰相反，沈說固嫌其鑿，宜爲提要所譏，然王氏之說亦似矯枉過正。蓋詞或用代字，或以本色，須視全詞風調而定，未能拘泥一格也，如韋端己天仙子首句：「蟾彩霜華夜不分，天外鴻聲枕上聞。」用「蟾彩」二字代月，雖字面濃麗，然不傷全詞意境，若直用「月色」二字，則反覺其不勻稱矣！

又卷中稱引前人詞句及詩句，間有舛誤之處，如以「衣帶漸寬終不悔，爲伊消得人憔悴」句爲歐公作，實則爲柳耆卿鳳棲梧句，見樂章集，疑後人以之竄入六一詞，故乃據而誤引耳。又引賈浪仙詩：「西風吹渭水，落日滿長安」句，西風當作秋風，落日當作落葉。凡此舛誤之處，徐氏校注本並已正之。民國三十五年，上海東南日報文史周刋載劉永湣氏「論人間詞話及其注釋本」一文，嘗指出徐氏漏訂及誤注者五處，徐氏於再版時亦據爲補益，故今之三卷本，堪稱完備矣！

王氏於哲學頗有深邃之研究，尤以受叔本華之影響最深，近人繆鉞謂人間詞話論詞之見解，頗受叔本華哲學思想之濬發。叔本華於其所著「意志與表象之世界」一書中論及藝術，以爲人之觀物，如能內忘其生活之欲，而爲一純粹觀察之主體，外忘物之一切關係，而領略其永恒，物我爲一，如鏡照形，是卽臻於藝術之境界。人間詞話曰：「自然中之物，互相關係，互相限制，然其寫之於文學及美術中也，必遺其關係限制之處。」又曰：「無我之境，以物觀物，故不知何者爲我？何者爲物？」皆與叔氏之說有通貫之處。

要而言之，是編所論，雖未盡精到，然大抵多深具卓識，允爲近代詞話中不可多得之佳作。

有樸社印行本（一卷，蓋錄自國粹學報者）、王忠慤公遺書本（二卷，四集所收）、六藝書局增補本（二卷）、詞話叢編本（二卷，覆王忠慤公遺書本）、海寧王靜安先生遺書本（二卷，商務印書館，民國二十九年長沙石印本）、徐調孚校注本（三卷，開明書店，民國二十九年初版，前有民國十五年兪平伯序）、詞學小叢書本（一卷，詞學研究第五輯所收）、國民出版社印行本（二卷，民國四十三年初版，與王氏紅樓夢評論及茗華詞合刻，題曰「王國維先生三種」）、啓明書局印行本（二卷，民國四十四年初版）等。

(2) 泛論詞旨兼及詞評者

海綃說詞　一卷

陳　洵撰

洵字述叔，號海綃，本新會人，補南海生員。同治十年生，少有才思，游江右十餘年。歸安朱彊邨見其詞，甚加推許，嘗稱新會陳述叔、臨桂況夔笙爲「並世雙雄，無與抗手。」又爲校印所著海綃詞，並題句曰：「雕蟲手，千古亦才難，新拜海南爲上將，試要臨桂角中原，來者孰登壇？」亦見其推許之至矣！後復收入滄海遺音集，凡二卷。晚主中山大學詞學講席，裁成甚衆。塡詞之外，好讀宋、明儒書，居恒以白沙「名節道之藩籬」一語，激勵後進，其素志可知矣。民國三十一年卒於廣州，年七十有二。

是編或題「海綃翁說詞稿」，凡一卷。首錄其說詞之語十二則，目曰通論，每則均繫以小題：曰本詩、曰源流正變、曰師周吳、曰志學、曰嚴律、曰貴拙、曰貴養、曰貴留、曰以留求夢窗、曰由大幾化、曰內美、曰襟度。觀所列子目，亦可概見其論詞之大要矣。

所論以「師周吳」爲其中心旨趣。昔周止庵嘗輯宋四家詞選，以周、辛、吳、王四家爲宗，陳氏遂本周意而稍異其趣，蓋欲以周、吳爲師，退辛、王爲友，使周、吳有定尊，然後餘子可取益取師。

其推尊周、吳之言曰：「學詞者由夢窗以窺美成，猶學詩者由義山以窺少陵，皆涂轍之至正者也。」又曰：「清眞格調天成，離合順逆，自然中度。夢窗神力獨運，飛沉起伏，實處皆空。夢窗可謂大，清眞則幾於化矣！由大而幾化，故當由吳以希周。」蓋「自元以來，若仇仁遠、張仲舉，皆宗姜、張者也，以至於清，竹垞、樊榭，極力推衍，而周、吳之緒幾絕矣！竹垞至謂夢窗亦宗白石，尤言之無理者。」由此可知陳氏論詞所主，蓋亦常州一派之流衍，擯斥姜、張，師尊周、吳者也。他如嚴律、貴留諸說，亦莫不奉周、吳爲圭臬。

又以三百篇爲詞之所本，故首揭「本詩」之旨。又「志學」之言曰：「有志然後有學，學所以成志也。學者誠以三百、廿五爲志，則溫柔敦厚，其教也；芬芳悱惻，其懷也。人心既正，學術自明，豈復有放而不返者哉？」蓋亦如陳亦峯輩論詞，追本風騷者也。

論詞中旨趣，以能拙、能養、能留爲貴。其貴拙之言曰：「唐、五代令詞，極有拙致，北宋猶近之，南渡以後，雖極名雋，而氣質不逮矣！」貴養之言曰：「詞莫難於氣息，氣息有雅俗、有厚薄，全視其人平日所養，至下筆時，則殊不自知也。」貴留之言曰：「詞筆莫妙於留，蓋能留則不盡而有餘味，離合順逆，皆可隨意指揮，而沉深渾厚，皆由此得。」皆深具卓識。

由其師尊周、吳，故於二家詞頗肆力深究，遂取評述二家詞語，錄於通論之後，評吳詞凡六十七闋，周詞凡十六闋。其引錄之例，蓋首錄調名，次以小字注是闋首句於調名之下，如「霜花腴翠微路窄」，又次乃另行錄其所評之語，皆首著「海綃翁曰」四字。每闋均詳加分析、指點，或探討其作詞之法，或指明其優勝之處，類皆詳審精要，足爲研讀二家詞者之津梁。

是編門戶之見雖深，然所以示學者軌轍之程也。所言雖前有所本，而能卓爲立說，亦不失爲有見之論。且遠本風騷之旨及貴拙、貴養、貴留諸說，皆持之有故，言之入理。

陳氏於通論末自署：「己巳九月，陳洵記。」案己巳年卽民國十八年，當卽是編成書之年也。有彙鈔本、彊邨遺書本（滄海遺音集收）、詞話叢編本（覆彙鈔本）等。又世界書局所輯四部刊要，取陳氏評夢窗詞語，題「海綃說詞」，刋入詞學叢書宋人詞集四，附夢窗詞集後。又中華叢書編審委員會印行陳氏海綃詞四卷，亦以所評夢窗詞語殿後，亦題「海綃說詞」。

(3) 專論詞之法則者

詞說　一卷

蔣兆蘭撰

兆蘭字香谷，宜興人。生平始末不詳。

是編之成書，蓋應諸生之從問詞法，兼求詞話，欲奉爲準則，因撰爲一書，名曰「詞說」。其撰述之旨趣，蓋以古人論詞名著，未必淺深高下皆宜，而淸代諸書，往往特標一義，以自取重，恐學者博而寡要，勞而少功，又慮其根柢不具，則枝葉不榮，故推本屈、宋、徐、庾之旨，甄別家數選本之精，闡述前賢時彥相承之統諸，欲學者本末兼修，古今同化，庶幾學有本原，足以守先而待後也。

以論詞三十二則，釐爲一卷。卷前有蔣氏自序，述淸代中葉以還詞學遞變之迹及撰成是編之宗旨甚詳。至卷中所論，類皆本其所揭櫫之宗旨，而言之頗多可采可循者。

其學有本原之說，尤堪爲精當之論。謂「初學作詞，當從詩入手。」蓋以「詩詞實同源異派，皆風雅之流別。」又謂「詞以沈著渾厚爲貴，非積學不能至。」故欲學者上探騷辨，下究徐庾，精思熟慮，一以貫之。持論極爲切實。其推本風騷之意，以學養爲重，以沈著渾厚爲貴，與陳亦峯、況夔笙及陳逃叔諸人論詞同旨。

又以詞者意內而言外，雖爲小道，然極其至，亦是立言；蓋其溫厚和平處，一本興觀羣怨之旨，故於詩餘一名，頗不贊同。謂詩家以殘鱗賸爪、浮煙漲墨之類，一皆餘之於詞，以詞爲穢墟，聊寄其餘興而已，宜其去風雅日遠，愈久而彌左，是以力主正其名曰詞。此亦其持正之論，蓋以詩詞同其源，亦同其功也。

其甄別家數，蓋以婉約爲詞家之正軌。於兩宋詞人，以淸眞、白石爲宗。謂淸眞「功力既深，才調亦高，加以精通律呂，奄有衆長，雖率然命筆，而渾厚和雅，冠絕古今，可謂極詞中之聖。」謂白石「淸勁逋峭，於美成外，別樹一幟。」於選本則以茗柯詞選導源風雅，故許爲「途軌最正」。又以周止庵宋四家詞選議論透闢，步驟井然，故譽之爲「暗室之明鐙，迷津之寶筏。」而宋人選本，則以周草窗絕妙好詞最爲精粹。凡此亦頗具鑒裁。

至塡詞之法，首重鍊意，謂「命意旣精，副以妙筆，自成佳構。」次曰布局，謂須「虛實相生，順逆兼用。」次曰鍊句，謂「偶句必加錘鍊，勿落平庸，散句尤宜斟酌，警策處多由此出。」次曰鍊字，謂「字生而鍊之使熟，字俗而鍊之使雅。篇中無一支辭長語，第覺處處淸新，情生文，文生情，斯詞之能事畢矣！」所言亦頗中肯要，足資法守。

大抵卷中所論，多屬精允，惜能言之而不能行之，蔣氏亦深自抱愧年老而無能爲力。蓋是編之作，爲其晚年鑽研詞學，深有所得，發爲論議，故皆言而入理也。

有甲戌叢編本、民國十五年鉛印本、詞話叢編本（覆民國十五年刋本）等。

論詞法　一卷

吳　梅撰

梅字瞿安，號霜崖，江蘇長洲人，光緒十年生。專究南北曲，凡製譜、塡詞、按拍，一身兼擅，晚近無出其右者。歷任北京大學、中山大學、中央大學教授凡二十餘年。抗戰軍興，轉涉湘、桂間，民國二十八年卒於雲南大姚縣，年五十六。著有霜崖文錄、霜崖詩錄、霜崖詞錄、霜崖曲錄、南北詞簡譜及霜崖曲話等書，蓋近代一曲學大師也。詞亦卓犖，夏敬觀曰：「瞿安爲曲家泰斗，其詞亦不讓遺山、牧庵諸公。」（見忍古樓詞話）葉恭綽曰：「瞿安爲曲學專家，海內推挹，詞其餘事，亦高逸不凡。」（見廣篋中詞三）

編惟一卷，所以論作詞之法則，故題曰「論詞法」。卷前首揭其撰述之旨云：「作詞之法，論其間架構造，却不甚難。至於擷芳佩實，自成一家，則有非言語可以形容者。所謂能與人規矩，不能使人巧也。有一成不變之律，無一定不易之文。……余撰此篇，亦匠氏之規矩耳。」

凡分五目：一曰結構、二曰字義、三曰句法、四曰結聲字、五曰雜述。

結構一目，所以論詞之成式。凡如何就題意以擇調？如何就詞之長短而謀篇？皆詳論之。其論擇調之言曰：「凡題意寬大、宜抒寫胸襟者，當用長調。而長調中就以蘇、辛雄放之作爲宜。若題意纖仄、模山範水者，當用小令或中調。惟境有悲歡，詞亦有哀樂。大抵商調、南呂諸調，皆近悲怨；正宮、南宮之詞，皆宜雄大；越調冷雋，小石風流，各視題旨之若何，以爲擇調張本。若送別用南浦，祝嘏用壽樓春，皆毫釐千里之謬（南浦係歡詞，壽樓春爲悼亡）。此擇調之大略也。」論謀篇之法曰：「至每調謀篇之法，又各就詞之長短以爲衡。短令宜蘊藉含蓄，令人得言外之意，方爲合格。如李後主詞：『別有一般滋味在心頭』，不說出苦字；溫飛卿詞：『楊柳又如絲，驛橋春雨時。』不說出別字；皆是小令作法。長調則布置須周密，有先將題面說過，至下疊方發議論者，如王介甫桂枝香金陵懷古；有直賦一物，寄寓感喟者，如東坡水龍吟楊花。」繼引草窗長亭怨懷舊詞爲例，詳析其謀篇之法，謂是詞「憑高念舊，悵觸無端，又復用意明晰，措詞嫺雅。」又稱其「結構布局，最是勻稱，可以爲法。」

字義一目，指出我國文字，往往有一字數音，而解釋殊者，謂詞家當深明其義，蓋詞爲聲律之文，苟失黏錯誤，便無意致。如蕭索之索當叶速，索取之索當叶嗇；數日之數當叶素，頻數之數當叶朔等。其他專名如嫪毒、僕射、龜茲等，尤宜注意。遂列舉十數則，欲學者平時考核，苟能正其音讀，自無誤用矣。

句法一目，謂句法之異，須在作者研討，一調有一定之平仄，而句法亦有成規，若亂次以濟，未有不舛謬者。因自一字句至七字句，逐次覈訂之。謂一字句法甚少，惟十六字令首句有之，其他皆用作領字，而實未斷句者。二字句法多用於換頭首句，或句中暗韻處，其聲平仄者最多，亦有用平平或仄仄者。三字句通常以仄平平爲多，如多麗之「晚山青」是也；亦有如萬年歡用平平仄、滿江紅用仄平仄、壽樓春用平平平者；若仄仄平、仄仄仄則大半爲領頭句。四字句之普通句法爲平平仄仄及仄仄平平，然亦有仄平平仄，如辛稼軒水龍吟末句：「搵英雄淚」；亦有平仄仄平，如楊旡咎曲江秋句：「銀漢墜懷」者是也。五字句祇有上二下三及上一下四二種；平平平仄仄、仄仄仄平平、仄仄平平仄、平平仄仄平，此四種皆上二下三句法，亦有上一下四者，如燕歸梁句：「記一笑千金。」六字句有二種：一爲普通用於雙句對下，一爲折腰句，平仄無定。七字句亦有二種；一爲上四下三，如鷓鴣天：「小窗愁黛淡秋山。」一爲上三下四，如唐多令：「燕辭歸客尚淹留。」亦平仄無定。句至七字，諸體備矣，若八字句、九字句，實皆合三五、四五成句耳。

結聲字一目，謂詞中第一韻與兩疊結韻處爲結聲字。第一韻謂之起調，兩結韻謂之畢曲，此二處下韻，其音須相等。

雜述一目，舉玉田詞源、輔之詞旨，謂宋、元時已有專書。而周公謹浩然齋雅談末卷，吳虎臣能改齋漫錄十七、十八兩卷，皆詞話之類。至清則如劉氏七頌堂詞繹、王氏花草蒙拾、鄒氏遠志齋詞衷等書，皆有價値，而周氏詞辨有獨到語，謂概足爲學者取法。所論詞法，言之極爲精審，誠足爲學詞者之矩範也。

近人胡雲翼氏嘗主編詞學小叢書十種，第十種題爲「詞學研究」，羅芳洲編，其中第六輯收吳氏論詞法，民國三十八年一月由上海教育書店初版。

塡詞百法　二卷

顧憲融編撰

憲融字佛影，別署大漠詩人，江蘇南滙人。爲泉唐天虛我生陳栩蝶仙弟子，工詩詞，著有紅梵精舍詞、大漠詞集等。

是編分上、下二卷，所以淺論作詞之法則，以爲初學者循序漸進之途焉。卷首有民國乙丑（民國十四年）顧氏自序，謂詞比於詩，「則詩淺而詞深，詩寬而詞隘，詩易而詞難。」以爲學者患在不得其門而入，遂謂「苟得之矣，雖深亦淺，雖隘亦寬，雖難亦易。且惟愈深、愈隘、愈難，而其味亦愈永。」又述其編纂是編之旨趣云：「茲編之輯，卽在爲初學諸君作嚮導，故陳義不尙高深，遣詞務求淺顯，學者苟能從我所指，循序以進，則雖陟其堂寢焉可也，又奚祗及門而止耶？」

卷上分列五十目，詳論作詞之法。有關於音韻格律者，如四聲辨別法、五音辨別法、和韻疊韻法、聲律指迷法等。有關於塡詞初步者，如詞譜檢用法、詞韻檢用法等。有關於詞中句法者，如二字句作法、三字句作法以迄七字句作法等。有關於作詞之法則者，如命題選調法、小令及長調起結法、塡詞轉折法、塡詞布局法等。有關於作詞技巧之運用者，如意內言外法、先空後實法、言淺意深法、即景抒情法等。有關於詞中各體之作法者，如書函體作法、告誡體作法、福唐體作法、廻文體作法等。率皆先明其方法，繼引古人名詞佳詞爲範例，分析其精妙之處，如即景抒情法一目，引張于湖過洞庭念奴嬌及蘇東坡中秋水調歌頭爲例，謂二詞同一豪邁，又同有寓意，皆胸襟闊大，氣象萬千，最可供學者取法云。

卷下亦分列五十目，第一目曰詞派研究法，總論詞之派別。首論晚唐、五季詞，謂「論其體製，則如花初胚，枝葉未備，故有小令而無長調。論其詞藻，則鏤金錯采，一以雕繢爲工。其或者託興閨幨，寄懷君國，懼忠言之觸機，文俳語以自晦，其辭則亂，其志則苦，讀者固不當僅賞其綴組之工也。」遂臚列十三家，曰李太白、曰溫飛卿、曰南唐二主、曰韋端己、曰牛松卿、曰魏承班、曰孫孟文、曰李德潤、曰歐陽烱、曰張子澄、曰馮正中、曰和成績、曰顧敻。

次論兩宋，謂「降及有宋，則由短及長，體製日繁，作者蔚起。」又謂兩宋詞家，「大別之，北宋人善用重筆，惟重能大，惟重能拙。南宋人善用深筆，惟深能細，惟深能密。」所論與況夔笙同其旨趣。又謂：「南宋有門徑，有門徑，故似深而轉淺；北宋無門徑，無門徑，故似易而實難。北宋承五代之遺，馨烈遠紹；南宋如張玉田輩，漸開淸初浙江一派。運會所繫，略可窺見。」遂列舉十七家，曰晏氏父子、曰歐陽永叔、曰柳耆卿、曰蘇子瞻、曰秦少游、曰賀方回、曰陳子高、曰周美成、曰李易安、曰史梅溪、曰辛稼軒、曰劉龍洲、曰吳夢窗、曰姜白石、曰王碧山、曰周草窗、曰張玉田。

次論金、元，謂「金、元文獻，盡見於中州一集，中州樂府所選，亦三十餘家，然辛桂之氣，未免太重。」故僅取元遺山一人，蓋自絃索盛，而詞已衰矣！

次論明詞，謂「明人無論詩詞古文，皆卑下無足取，而詞爲甚。一二才異者，非不欲勝前人，而中實枵然取給而已，於神味全未夢見，但知貌襲耳，故略而不論。」

次論清詞，謂「有清一代，爲詞學最盛之時。斯時雖樂譜失傳，管絃已廢，而文藻之工，轉軼前代。數其流別，則龔、吳、王、曹，篳路先驅，及秀水朱十出，一以姜、張爲法，是爲浙派。宜興陳其年、武進張皋文，振稼軒之緒，優入北宋，重神味而薄文采，是爲常州派。而納蘭氏獨瓣香鴛鴦寺主，遙情逸韻，一唱三歎，遂亦自標新幟，與二家並。」遂列舉十八家，曰王漁洋、曰曹升六、曰朱竹垞、曰陳其年、曰彭羨門、曰納蘭容若、曰顧梁汾、曰厲樊榭、曰吳薗次、曰鄭板橋、曰張皋文、曰項蓮生、曰周稚圭、曰郭頻伽、曰龔定盦、曰蔣鹿潭、曰吳蘋香、曰王半塘。

由唐迄清，凡列四十九家，分爲四十九章（自謂四十八家，分爲四十八章，實爲四十九家，四十九章，蓋目錄闕五代顧敻詞研究法一目）。每章均以某家詞研究法爲標目，如李太白詞研究法、溫飛卿詞研究法等。各家先陳其人出處，次乃博采各家評語，參以己意，一一論次之，繼列舉其詞，少則三、四闋，多則十餘闋，雖詳略不同，然初學得之，梗概略具。至當時生存之人，則不復述及，蓋懼涉標榜之嫌也。

上、下二卷，共得一百目，卷上論作詞之法，卷下論詞派研究之法，故題曰「塡詞百法」。其中有出以己意者，有采擇他說者，如卷上十六要訣法一目，卽采自孫月坡詞逕之「作詞十六字要訣」，其中闕淡字一條，蓋據江山劉履芬本所采，劉本有脫葉故耳。

所論確切精當之處不少，且淺近可循，適足爲初學塡詞者之梁筏，亦詞苑有功之書也。

有原刊本，今德志出版社據爲景印，與劉鐵冷作詩百法合刊，民國五十一年十月初版。

(4) 專紀一時詞家故實者

近詞叢話　一卷

徐　珂撰

珂字仲可，錢塘人。光緒十五年己丑舉人，官內閣中書。工詩古文辭，尤長倚聲，爲譚復堂之入室弟子，嘗彙輯譚氏論詞之說爲復堂詞話，收入其心園叢刊。又輯有歷代詞選集評、淸詞選集評。著有淸代詞學概論、小自立齋文、眞如室詩、純飛館詞等。

是編一卷，所以叢談近詞、近事，故曰「近詞叢話」。凡十九目，二十七則。其同紀一人而異其事、或同紀一事而異其趣者，則分立數則，合題一目。所立之目，蓋仿吳虎臣能改齋漫錄、楊升庵詞品之例，皆以數字概括其義，如太淸春工詩詞、詞學名家之類聚等。所列諸目，雖無一定之序次，然有與前人詞話不同者，即以紀女流閨秀之事，列於卷首；然以全卷觀之，似非有意如此，蓋第十六、十七則紀吳蘋香、徐紫仙，亦屬女士，殆隨手錄之，初無定旨也。

卷中所紀最爲詳實而可取者，厥惟詞學名家之類聚、譚復堂爲詞學大家二目及同、光間詞人王幼霞、況夔笙、朱古微、鄭叔問等人塡詞之經歷等則。

「詞學名家之類聚」一目凡六則，紀清初順、康間詞人龔鼎孳、梁清標、吳偉業等迄清末光、宣間倚聲家況夔笙、鄭叔問等，皆一一縷述其里貫、字號，並簡評其詞，又歷述浙西、常州詞派之源流、得失，頗足爲研究清代詞學之參考。

「譚復堂爲詞學大家」一目，以譚氏爲徐氏之師，自不免有標榜之嫌，然所論無甚溢美之處，且紀載詳要，可供參資。

末數則紀王幼霞、況夔笙、朱古微及鄭叔問塡詞之經歷頗詳，亦足備參閱。

案是編鮮見單行之刋本，詞話叢編所收乃錄自清稗類鈔。

小三吾亭詞話　五卷

冒廣生撰

廣生字鶴亭，號鈍宧，如皐人。工古文，與閩縣林琴南、桐城吳摯友善，陳石遺譽爲海內三古文家。

是編所錄凡八十則，分爲五卷，類皆紀其友朋、親族之軼事、韻聞，以留詞壇之佳話，並各采其詞以誌之。前代詞家之事，無一語及之，故錄爲「專紀一時詞家之故實者」一類。

卷中於清末詞家如譚復堂、王幼遐、況夔笙、朱古微、鄭叔問、謝枚如、沈子培及馮夢華輩，均多所評述。其尤爲難得者，如卷二第五則紀番禺陳蘭甫（澧）及卷五第一則紀閩縣林琴南（紓）亦工塡詞。案蘭甫邃於說經，而所錄百字令一闋，品詣高雅。琴南精於古文，亦善繪事，尤以譯歐西小說著稱於世，乃有補柳詞一卷。是皆近代他家詞話所未及見者，適足爲詞壇珍貴之紀載焉。

又卷三第十則引張雨珊湘雨樓詞話評寧鄉程子大詞語，案雨珊字祖同，長沙人，所著詞話今竟不傳，猶賴此而存其目焉。

是編所錄皆清末詞壇之掌故，故足爲研究近世詞學之一助。惟頗罕流傳，有晨風閣叢書第一集本（國學萃編社排印）、詞話叢編本（據國學萃編錄出）等。

清詞玉屑　十二卷

郭則澐撰

則澐字嘯麓，號蟄園，自署龍顧山人，閩人。光緒二十九年癸卯進士，民初，嘗官國務院秘書長。工詩詞，所著書除是編外，又有十朝詩乘之輯。

是編蓋郭氏晚年蟄居山林，灌園餘暇，就昔日耳目所聞睹者，撰輯爲書，都十二卷，凡五百十一則。於有清一代詞林之故實，耆彥之風流，乃至閨闈名媛之豔聞趣譚、南北東西之奇風異俗、詼諧詭麗之觀、清新閑婉之致，兼收並蓄，旁蒐博采，而名章雋語、斷句殘篇，網羅亦極繁富，事以經之，詞以緯之，援據詳盡而精核，足爲詞苑之譚柄、野乘之大觀也。

各卷所錄，大抵以時之先後爲序。其徵引之詳博，誠鉅纖靡遺。而尤可觀者，如卷一紀順、康時遺老故國之思，寓感於詞。卷二紀舊京園囿之盛及袁隨園與蔣藏園雖以詩名家，乃以詞訂交。卷三紀陳圓圓亦能填詞，引衆香集所載醜奴兒令詠落梅一闋，謂其詞亦淸婉可誦。卷四紀林文忠公禁煙，與粵督鄧嶰筠有笙磬之契，彼此以詞唱和，遂述其搜檢鴉片事；又紀曾文正公頗刻意爲詩，於倚聲則不聞涉及，然亦有浪淘沙六闋。卷五紀左文襄公赤手開邊、白頭還闕之勛業，遂錄陳侃齋八聲甘州詞詠文襄於玉門關外戍軍所植綠楊事以識之。卷六紀臺、澎割日，戊戌六君子中林暾谷殉難諸事，並引時人詞以述其事。卷七紀西湖有蘇小小墓，嘉興亦有之。卷九紀林畏廬翻譯歐西小說，風行海內，每於卷首自題長短句。卷十紀民間龍燈之戲、京師梨園演唱、閨閣乞巧舊俗等南北異聞。卷十一、十二多紀博物之奇及晚清由泰西傳入之文明器物如鐘錶、輪船等，好事者乃亦詠之以詞。凡此皆近代詞話中所罕載者。

卷前有丙子汪曾武序及郭氏自序各一篇，又扉頁題「丙子冬日，蟄園校刊。」案丙子乃民國二十五年，今所見者，除此自校自刊本外，罕見有他本刊行。

(5) 專紀一地詞家故實者

粵詞雅　一卷

潘蘭史撰

蘭史字飛聲，番禺人。所著除是編外，又有論粵東詞絕句、論嶺南詞絕句、羅浮遊記等。以潘氏粵人，乃裒集粵人之詞、粵人之事而述其雅趣焉，故題曰「粵詞雅」。編惟一卷，二十六則。

首則溯粵人作詩塡詞之原始，謂聲詩之道，始於晉綠珠，至倚聲一門，倡自南漢黃益之。第七則紀其欲輯嶺南宋六家詞，六家者，崔菊坡（與之）、劉叔安（鎭）、李文溪（昴英）、趙秋曉（必瑑）、陳景元（紀）、葛如晦（長庚）也。餘二十四則卽分紀此六家之事，間錄其詞以識之。如第二、三則紀崔菊坡，第四、五、六則紀李文溪，第八至第十一則紀劉叔安，第十二至第十七則紀趙秋曉，十八、十九則紀陳景元，二十則以後紀葛長庚。

卷中以紀葛長庚者最多，計七則。案長庚字如晦，自號白玉蟾，瓊州人，居武夷山，嘉定中，封淸明道人，後仙去，有海瓊詞。其詞爲有宋一代方外詞人之佼佼者，潘氏錄其蘭陵王、沁園春詞等九闋，別錄其蝶戀花佳句云：「柳絮欲停風不住，杜鵑聲裏山無數。」又：「醉裏尋春春不見，夕陽芳草連天遠。」均見纏綿不盡之思，頗得婉約風神。

案是編初見於龍沐勛所編詞學季刊，唐圭璋詞話叢編所收卽錄自詞學季刊者，今別無單行之本。

（二）後人彙輯而專評一家詞者

文芸閣先生詞話　一卷

朱孝臧等撰

是編乃萬載龍沐勛先生，因重校文芸閣所著雲起軒詞，遂就行篋所攜近人撰述，摘取論及芸閣先生詞者，彙鈔成帙。輯成於民國三十二年，時龍氏居金陵。

文芸閣者，淸萍鄉文廷式也。廷式字芸閣，號道希。光緒十六年進士，授翰林院編修，旋充國史館協修，擢翰林院侍讀學士，兼日講起居注官。以與聞變法，抗直敢言，爲忌者所中，罷官歸里；戊戌後，徙江湖以死。廷式天才超軼，博聞彊記，長於史學，尤工詩、詞、駢文，著有補晉書藝文志、雲起軒詞鈔、純常子枝語等。文宗咸豐五年生，德宗光緒三十年卒，年四十九。

是編凡十二則，其中有鈔自近人詞話者，如採如臯冒鶴亭廣生小三吾亭詞話三則，新建夏吷庵敬觀忍古樓詞話二則，閩縣郭嘯麓則澐淸詞玉屑一則。餘六則則雜鈔他書所得，如歸安朱彊邨孝臧彊邨語業、番禺汪精衞兆銘手批廣篋中詞、溧水王伯沆瀣手批徐刊雲起軒詞鈔、新建夏吷庵敬觀手批東坡詞跋、新建胡步曾先驌評文芸閣雲起軒詞鈔及王幼遐半塘定稿、賸稿、溧陽狄平子葆賢平等閣詩話等。末附昭萍志略人物志文廷式傳。

所錄近人評隲芸閣詞之精要可採者，如汪兆銘云：「文芸閣能爲沈博絕麗之文，其詞脫胎蘇、辛，而設色絢麗，無其率易之習，可謂於詞壇別樹一幟，蔚爲重鎭。」冒廣生云：「其所作雲起軒詞，渾脫瀏灕，有出塵之致。」夏敬觀云：「芸閣詞宗蘇、辛，玉甫（謂番禺葉恭綽）嘗爲余言，近代詞學辛者尚有之，能近蘇者，惟芸閣一人耳。」

其最爲詳審可觀者，厥惟胡先驌所評，以芸閣詞與王半塘之作比照品評，言其異同優劣，極具見地。如評芸閣云：「其意氣飆發，筆力橫恣，誠可上擬蘇、辛，俯視龍洲。其令詞穠麗婉約，則又直入花間之室。蓋其風骨遒上，並世罕覯，故不從時賢之後，偈促於南宋諸家範圍之內，誠如所謂美矣善矣！視王半塘之導源碧山，復歷稼軒、夢窗，以還於淸眞者，不幾微有天機、人事之別耶？」所言褒美有加，至指其瑕疵，則曰：「雲起軒詞之勝於時賢者，以其令詞逼肖花間，非他人所能企及；而其品格，則以躭於側豔，遂落下乘，半塘則無此病也。」論半塘詞與芸閣之異曰：「半塘詞則與雲起軒詞異趣，蓋其淵源各別也。雲起軒詞所宗純爲蘇、辛，小令則步趨花間，於南宋諸大家，絕少浸淫，故其豔麗在面而不在骨。其豪詞亦磅礴有餘，沈著不足，尤無論於研鍊澹秀之勝矣！半塘詞自南追北，既得夢窗之研鍊，復得稼軒之豪縱，工力才華，互相爲用，與雲起軒純恃才華者異趣。」又言芸閣詞少睠懷君國之思，半塘則天性純篤，哀樂過人，而歷世經驗特深。復謂兩家詞性質所以異者，固由於性情不同，而遭遇亦自有異：芸閣功名事業，遠在王半塘之上，而半塘則歷境坎坷。其結語云：「

綜而論之，二公皆一時屠龍手，以技言殆難軒輊，然文頗似李白，王則似杜甫，有淸詞家，舍蔣鹿潭外，能與之抗手者殆鮮。」其所分析議論，堪爲近世比較文學之先導。

是編所評論之詞家文芸閣雖爲淸人，而撰者冒廣生、夏敬觀輩，皆民國以後人，故列入本編，定爲民國詞話。今廣文書局以龍氏所輯詞話，與芸閣年譜、詞集及書牘，合編爲文廷式四種。

（三）附於隨筆者

曼殊室詞論　一卷

梁 啓 勳撰

啓勳字仲策，新會人，梁任公之弟。名其讀書處曰曼殊室，有曼殊室隨筆等。

所著曼殊室隨筆凡五卷，曰詞論、曲論、宗論、史論、雜論。前有簡短自序一篇，作於民國三十五年，略謂自民國十五年始作讀書隨筆，至三十五年，叢稿盈篋，得四十萬言，遂分類而詮次之云云。其詞論一卷，所以論詞、話詞者，今敍錄於此，題曰「曼殊室詞論」，以別於張子苾之詞論焉。

詞論一卷，凡分四十七節，每節或三五則或十餘則不等，均以數目字分別標之。所論述有頗爲特殊者，如第二節論文人之習用語，各自有其不同之好尙，以史梅溪詞好用「偸」字，遂錄列其詞中用偸字之句如綺羅香之「做冷欺花，將烟困柳，千里偸催春暮」等凡十二句。因附舉湯臨川牡丹亭好用

「則」字者凡十五句，洪昉思長生殿好用「不提防」三字者凡八句，謂三君雖好尙不同，用之不厭其多，皆有其特殊之情味。

又如第四節謂集句爲聯，亦是一格，遂綴錄其所集前人詞句爲聯者如：「對景難排，重按霓裳歌偏徹。（後主浪淘沙、後主木蘭花）有誰堪摘，未成沈醉意先融。（漱玉聲聲慢、漱玉浣溪沙）」等凡二十六聯。

又如第六節謂張三影以「雲破月來花弄影」等句得名，實則子野詞繪影之作最多，佳句尙不止此。遂舉其以影字爲韻，用重筆描寫者，如靑門引之「隔牆送過秋千影」等凡九句；輕描淡寫者如謝池春慢之「花影閑相照」等凡十八句；又寫影而不著影字者如菩薩蠻之「湖水亦多情，照妝天底淸」等凡三句。謂此翁於燈影、月影、水影與夫各種之影，固具特殊興趣而別有會心者。

又如第八節謂「詞之斷句，嚴格乃在韻脚，至於句與逗，則解音律者未嘗不可以伸縮。」遂舉八聲甘州、漢宮春、水龍吟爲例，各家斷句不同；復舉念奴嬌一調，以李易安一首，蘇東坡一首，並列比較，如易安之「蕭條庭院，又斜風細雨，重門須閉。」東坡作「大江東去，浪淘盡，千古風流人物。」等凡五處，此其所謂嚴韻脚、活句逗之說，謂「唯有深得此中三昧而達到游行自在之境界者，乃能出此，若新學而欲藉此以作不守繩墨之口實，則大惑矣！」

又如第十節謂「美」之一字，在柔，在歡娛，在複雜，然成功之要竅，端在調和，遂舉「秋水長天」，只是一種顏色；「明月照積雪」，只是一種顏色；「玉人和月摘梅花」，也只是一種顏色；斯三者，人莫不以爲美，蓋得調和之韻味也。又如柳耆卿之「楊柳岸，曉風殘月。」集三種天然景物而成，美感無限，傳誦千古；秦少游之「斜陽外，寒鴉數點，流水繞孤村。」集四種天然景物而成，晁无咎謂雖不識字人，亦知是天生好言語，此無他，亦曰調和而已。可見美感不外調和，著意調和，是卽藝術之所謂「術」，所論頗爲精湛。

又如第三十八節主意境之說，謂「作品須有意境，尤須有新意境。」遂舉翻舊爲新之法，如朱服之漁家傲：「戀樹溼花飛不起。」溼花飛不起，雖屬陳舊，然加戀樹二字，則未經人道矣！或將動詞活用之，意境便新，如歐陽永叔之「綠楊樓外出鞦韆。」佳處只在一出字。或以特殊觀察之法，移主觀爲客觀，如稼軒之「紅蓮相倚渾如醉，白鳥無言定自愁。」與白石之「樹若有情時，不會得青青如此。」卽用此法。蓋鳥之愁不愁，樹之有情無情，孰能知之？只因反主爲客，而意境便新。更有以消極爲積極之法，畫龍點睛之法、取巧之法，或以幾種不調和之事故，強扭合以行文，令讀者之心目，猛覺異樣，歎爲得未曾有，而意境自新。凡此皆深知甘苦，頗能度人金鍼之言，較王靜安之說更能示人以可循之法度。

餘有泛論詞中旨趣者、有紀載詞人故實者、有評隲前人論詞之說者，有論及詞中音韻宮調者、有涉及考證、訂正訛誤者，率皆詳審愜當，卓然有識，其用力之勤，論述之精，堪爲民國以後論詞之佳構。惟稱引間有疏誤之處，如第五節謂「詞選之最古者，首推歐陽炯之花間集」云云，案花間集乃後蜀趙崇祚編，書前有歐陽炯敍，敍語有云：「今衛尉少卿字弘基，以拾翠洲邊，自得羽毛之異；織綃泉底，獨殊機杼之功。廣會衆賓，時延佳論。因集近來詩客曲子詞五百首，分爲十卷。以炯粗預知音，辱請命題，仍爲敍引。昔郢人有歌陽春者，號爲絕唱，乃命之爲花間集。」弘基卽崇祚字，蓋崇祚編爲此集，炯爲作敍，並命題焉，梁氏不考，遂以爲歐陽炯，誠一大疏誤也。

有民國三十七年正中書局印行曼殊室隨筆本。

附錄

（一）未嘗寓目之詞話書錄

前人詞話，有散佚不傳、僅見於諸書稱引，或各家書目著錄而未嘗寓目者，今別爲附錄一，就可考之處，簡敍其梗概焉。凡二十八部，其間有確係佚而不傳者；有罕覯之孤本單傳而今無從蒐得者；今並附錄於此，以爲他日考證蒐求之資焉。然僅以披覽所及爲限，其有不見於諸書稱引或各家書目著錄之作，而今亦未得寓目者，自亦不少，凡此祇付闕如云。

一、詞話總龜　撰人不詳

是編惟見錢大昕補元史藝文志著錄，然未著卷數及撰者名氏。其書名曰「總龜」，殆如宋阮閱之詩話總龜，乃詞話總集之屬，惜書不傳，今無從考知耳。

二、詞學筌蹄　撰人不詳

是編亦僅見錢大昕補元史藝文志著錄，亦不著卷數及撰者名氏。清李武曾詞家辨證第二十則稱引曰：「東坡在黃州，作卜算子詞，有缺月挂疏桐等句，山谷以爲不吃人間煙火語，詞學筌蹄強爲之解，皆未得其故」云云。案李氏詞家辨證一書，蓋鈔輯羣書而成，此條鈔自何書？已不可考，故未能據爲清時詞學筌蹄尚存之據也。

今考明時亦有詞學筌蹄一書，凡八卷，蔣華（質夫）編錄，徐楠（山甫）考正，慈谿沈德壽（藥庵）所編抱經樓藏書志著錄，並錄其序二篇，其一弘治九年丙辰莆田林俊序，其一弘治七年甲寅莆田周瑛序。林氏序云：「舊編以事爲主，詞系事下，平側長短，未易以讀。蜀藩方伯、吾鄉周先生翠渠以調爲主，事併調下，調爲譜：圜者平聲，方者側聲，讀以小圈，以便觀覽，以付蜀府教授蔣華質夫編錄，蜀士徐楠山甫考正，調凡若干，詞凡若干，釐爲八卷。」所稱「吾鄉周先生翠渠」，卽莆田周瑛，蓋周氏自署翠渠病叟。由林氏序言知此書蓋周氏據舊編而易其體例，以付蔣氏編錄、徐氏考正者也。舊編以事爲主，詞系事下，猶不失爲詞話之體；周氏變易之，以調爲主，事併調下，則猶詞選之屬，而附以紀事者，是不復爲詞話之體矣。其體製蓋略如明卓珂月詞統、清張詠川詞林紀事之儔也。

三、高齋詞話　撰人不詳

是編撰者及卷數均不詳，亦不見各家書目著錄，惟見於歷代詩餘卷一百十五、詞林紀事卷五、卷六及詞苑萃編卷九所引。歷代詩餘卷一百十五凡二引，一紀東坡謂少游「銷魂當此際」一語爲學柳七作詞；一紀秦少游贈蔡州營妓婁婉句：「小樓連苑橫空。」又贈妓陶心兒句：「天外一鈎斜月帶三星。」詞林紀事及詞苑萃編所引蓋節自歷代詩餘。今考宋曾慥有高齋漫錄一卷，見叢書集成初編文學類；又有樂府雅詞五卷，見四部叢刊集部；高齋詞話疑曾氏作。

四、東溪詞話　撰人不詳

是書淸歷代詩餘卷一百十六引：「僧祖可，字正平，蘇伯固子，與陳師道、謝逸結江西詩社，其小重山詞最工。」吳虎臣曰：「正平工詩，長短句尤佳，何世徒稱其詩也？」此條末注「東溪詞話」。此外，不見他書稱引，亦不見各家書目著錄，其卷數及撰人均不詳。案歷代詩餘以康熙四十六年成書，疑康熙間猶有此書，故歷代詩餘猶據以注出書目，其後遂佚而不存歟？考宋高登有東溪詞一卷，見四印齋所刻詞；又有東溪集二卷，見叢書集成初編文學類（是書書錄解題二十卷，宋史藝文志三十卷，後世散佚，僅明林希元所編二卷傳世）；東溪詞話疑高氏作。

五、梅墩詞話　　撰人不詳

是編撰者及卷數均不詳，各家書目均未見著錄，惟見於沈偶僧古今詞話所引。沈書引梅墩詞話之說凡四處，計卷一二處，卷二二處。其一引錄蜀主王衍臣韓琮楊柳枝二首，謂二詞特見推於時，韓氏實以此諫君。其二紀東坡於惠州作卜算子詞，鮦陽居士錯爲之解。其三錄元將張弘範臨江仙、點絳唇詞二闋，以見元之武臣有能詞者。其四謂明季詞家競起，妙麗惟湘眞一集，遂錄集中雋句。每條均冠以「梅墩詞話曰」五字。觀所紀有五代人、宋人、元人、明人，而沈氏書徵引其說，沈氏康熙間人，則撰者必爲明以後、清康熙以前人。疑康熙間此書猶存，故沈氏據而徵引其說，其後殆已散佚。

六、溫叟詞話　　撰人不詳

是編撰者及卷數均不詳，亦不見各家書目著錄，惟見吳子律蓮子居詞話卷二第四十四則所引，其言曰：「徐釚詞苑叢談，其引書不注所出，殊嫌攘羭，脫落錯謬，全未經讎勘，如卷三溫叟詞話糀纖一條」云云，遂歷舉四條，謂爲脫漏錯謬之尤甚者，更爲補訂十之六、七云。

七、蓉塘詞話　清　董以寧撰

以寧字文友，諸生，武進人，有正誼堂集、蓉湖詞（或稱蓉渡集）。沈去矜塡詞雜說曰：「彭金粟在廣陵，見予小詞及董文友蓉渡集，笑謂程村曰：『泥犂中皆若人，故無俗物。』夫韓偓、秦觀、黃庭堅及楊愼輩，皆有鄭聲，既不足以害諸公之品，悠悠冥報，有則共之。」又王阮亭花草蒙拾曰：「友人中陳其年工哀豔之詞，彭金粟善清華之體，董文友善寫閨襜之致，鄒程村獨標廣大之稱，僕所云，『近愧眞長』矣！」是以寧詞善寫閨情，亦淸初一名家，與沈去矜、彭金粟、王漁洋輩同時。

是書初見於徐虹亭詞苑叢談卷一所引，其言曰：「董文友蓉塘詞話曰：嚴給事與僕論詞云：近日詩餘好亦似曲，僕謂詞與詩曲界限甚分，似曲不可，似詩仍復不佳，譬如擬六朝文，落唐音固卑，浸漢調亦覺傖父。」田彥威西圃詞說第五十八則所引亦同。陳亦峯白雨齋詞話卷二第三十五則曰：「公謹木蘭花慢西湖十景十章，不過無謂游詞耳，蓉塘詩話獨賞之，何也？」詩字疑詞字之誤。又是編或稱蓉渡詞話，見昭代叢書別論例言；或稱蓉湖詞話，見徐仲可淸代詞學概論第七章。

案是書卷數不詳，四庫未收，亦不見他書著錄，疑康熙間有此書，徐虹亭、田彥威輩猶見之，其後殆已散佚。

八、屛山詞話一卷　清　許　田撰

田字莘野，錢塘人。康熙五十二年癸未進士，官高縣知縣。工詞，有屛山春夢詞二卷、水痕詞二卷。

嘉慶間人吳子律撰蓮子居詞話，卷三第三十三則謂許氏有屏山詞話一卷。唐圭璋詞話叢編例言亦引，謂此書未嘗寓目，無從訪得云。故是編是否傳世？不得而知。

九、蒓鱸詞話　清　錢芳標撰

芳標字葆馚，號寶汾，華亭人。康熙舉人，授內閣中書。工詩，尤工倚聲，有湘瑟詞四卷。徐仲可近詞叢話謂芳標詞「原出義山，神味絕似淮海」。

案是編頗屬罕覯，卷數不詳，康熙以來各家書目未見著錄，惟見於蓮子居詞話卷二第三十四則稱引，吳氏引詞：「昨日得卿黃菊賦，細剪精英，題作多情句」云云，謂「此虞伯生（集）隱栝故遼主詩，事詳伯生序周松靄（春）遼詩話，據錢葆馚（芳標）蒓鱸詞話謂張繼孟（肯）作，想因伯生詞而繼孟偶書之，致有此誤。」此外，不見於他書稱引，故是編是否傳世？亦不得而知。

十、榕巢詞話一卷　清　查　禮撰

案查氏有銅鼓書堂詞話一卷，見前敍錄。銅鼓書堂蓋查氏書齋之名，是編以「榕巢」爲名者，蓋查氏號榕巢，遂以名其書。是書除見於花近樓叢書補遺著錄外，未見他書稱引，或即銅鼓書堂詞話之別名亦未可知。

十一、西廬詞話　清　袁　鈞撰

鈞字秉國，一字陶軒，號西廬，鄞縣人。乾隆拔貢，嘉慶初，舉孝廉方正，後主稽山書院。工詩古文辭，邃於康成一家之學，有鄭氏佚書、四明文獻徵、四明近體樂府等。

是編卷數不詳，各家書目亦未見著錄，惟見於謝枚如賭棋山莊詞話卷七第十則所引，其言曰：「陶軒西盧詞話曰：最愛倪韭山（象占）清明卜算子云：山上送春風，雨又蕭蕭下」云云。案謝氏光緒間人，既引西盧詞話語，當親見其書，然今則未嘗見之矣！

十二、詞　論　清　張星耀撰

星耀原名台柱，字砥中，錢塘人。有洗鉛詞、屑雲別錄等。

是編惟見於唐圭璋詞話叢編例言所引，唐氏但舉書名，謂未嘗寓目，無從訪得。

十三、小琅環詞話　清　王初桐撰

初桐初名丕烈，字耿仲，嘉定人，工詞，詞集名杯湖欸乃。

是編卷數不詳，唐圭璋詞話叢編例言謂未嘗寓目，無從蒐輯，今未睹其書，未敢遽言其是否傳世。

十四、同人詞話　清　杜文瀾撰

是編卷數不詳，書目見蕭一山編清代學者著述表。杜氏別有憩園詞話六卷，已敍錄，見第四編。

十五、一魚庵詞話　清　孫麟趾撰

孫氏別有詞逕一書，已敍錄，其生平始末見前詞逕敍錄。至一魚庵詞話一書，僅見唐氏詞話叢編例言所舉，卷數不詳。

十六、左庵詞話　清　繼　昌撰

昌字蓮畦（一作蓮溪），漢軍正黃旗人。光緒進士，官至甘肅布政使。工詞，有左庵詩餘，又有行素齋雜記、忍齋叢說等書。

案是編卷數已不可詳考，亦不見諸書稱引及各家書目著錄，今人姜尚賢宋四大家詞研究所列參考書目有此書，惟無從訪求。

十七、湘雨樓詞話　清　張雨珊撰

雨珊字祖同，長沙人。名其讀書處曰湘雨樓，有湘雨樓詞五卷。武陵陳仲弢㝅碧齋詞話曰：「同、光間，鄉人塡詞者三家：楊蓬海恩壽、杜仲丹貴墀、張雨珊祖同也。」郭嘯麓清詞玉屑卷九謂雨珊「詞與楊蓬海齊名，是深擘清眞者。」

是編惟見冒鶴亭小三吾亭詞話卷三第十則稱引，冒氏謂寧鄉程子大詞「清而不枯，豔而有骨，張雨珊湘雨樓詞話謂爲淵源家學，用筆尤尙中鋒者也。」卷數不詳。

十八、雪園詞話　清　秦耀曾撰

秦氏生平及是編卷數均不詳，亦不見諸書稱引及書目著錄，惟見於唐圭璋詞話叢編例言所引，今未見其書。

十九、通波水榭詞話　清　雷葆廉撰

雷氏生平及是編卷數均不詳，惟見於詞話叢編例言所列書目。

二十、國朝詞話　清　汪沼撰

汪氏生平及是編卷帙均不詳，亦僅見詞話叢編例言列舉書名。

廿一、本事詞　清　陳君鑾撰

閩人葉申薌嘗仿孟棨著本事詩之意撰本事詞二卷，所以輯存詞家之故實，已敍錄。是編亦題曰本事詞，殆亦漫談詞家掌故之書，今僅見詞話叢編例言稱引書名，卷帙及撰者陳氏之生平均無可詳考。

廿二、第十一段錦詞話一卷　清　顧彩撰

彩字天石，無錫人，官內閣中書。

是編惟見昭代叢書別集著錄。

廿三、槐廬詞學一卷　清　龍繼棟撰

是編有粤西詞四種（民國陳柱輯）本，係民國廿三年北流十萬卷樓刋朱印本，惟無從訪得，龍氏事略不詳。

廿四、賈先生古詞論述一卷　清　丁愷曾撰

是編有望奎樓遺稿（丁氏自著）本，乃民國廿四年青島趙永厚堂排印。賈先生不知何許人？撰者丁氏始末亦不詳。

廿五、戲鷗居詞話一卷　清　毛大瀛撰

是編有戊寅叢編（民國趙詒琛、王大隆輯）本，爲民國廿七年排印本，亦無從訪求，撰者毛氏生平亦不詳。

廿六、懷蘭拜石軒詞話　　蔗耕居士撰

是編撰者名氏及卷數均不詳，唐圭璋詞話叢編例言惟稱蔗耕居士撰，蔗耕居士不知何許人？

廿七、臥廬詞話一卷　　民國　周曾錦撰

曾錦字晉琦，里貫、事略不詳。

有周晉琦遺著（民國十年排印）本，惟未易覯耳。

廿八、香海棠館詞話一卷　　民國　況周頤撰

周頤有蕙風詞話五卷，已敍錄，其生平事蹟見前。

是編有蕙風叢書本，疑爲蕙風詞話之初稿本。

(二)　載於報刊雜誌之詞話目錄

民國以來，報刊、雜誌往往刊載論詞、話詞之語，或逕以詞話爲名，或稱雜說、雜記以述之。其篇幅成卷，未嘗印成單行本者；或寥寥數則，不成卷帙者，均別錄於此，爲附錄(二)。凡所載報刊、雜誌之名稱及卷號之屬，悉詳錄之，以便查考。共二十八篇，序列如後：

一、大鶴山人詞話　　清　鄭文焯撰

是編乃萬載龍沐勛彙錄鄭氏批校東坡樂府、清眞集等各家語，兼及遺札中之有關於詞者，以先生晚年自署大鶴山人，故題爲大鶴山人詞話，載於詞學季刊第一卷第三號者，專論東坡樂府，其後未嘗

續刊。

二、詞　比　清　陳　銳撰

是編初載於詞學季刊第一卷第一、二號，蓋所以比論詞之句法、韻協、律調，卷前有宣統三年自序。

三、詞　通　撰人不詳

武進趙叔雍（尊嶽）偶於上海坊肆，得無名氏詞律箋榷手稿八冊，首冠詞通，分立論字、論韻、論律、論歌、論名、論譜諸門，參互斠覈，至爲精審。其後龍沐勛編詞學季刊，於第一卷第四號刊載其論字一門，所以通論詞中襯字、添字、減字諸法。

四、忍古樓詞話　民國　夏敬觀撰

是編載於詞學季刊第一、二、三卷。

五、韋齋雜說　易大厂撰

載詞學季刊創刊號。

六、旅　譚　汪　瑔撰

載詞學季刊一卷二號。

七、櫻窗雜記　汪兆鏞撰

載詞學季刊一卷二號。

八、忍寒廬零拾　　無名氏撰

載詞學季刊一卷二、三號。

九、芳菲菲堂詞話　　畢幾庵撰

載詞學季刊一卷四號，凡四則，皆評潘蘭史。

一〇、雨華盦詞話　　錢斐仲撰

載詞學季刊二卷四號。

一一、讀詞雜記　　楊易霖撰

載詞學季刊二卷四號。

一二、近代詞人逸事　　張爾田撰

載詞學季刊二卷四號，所記近代詞人爲蔣鹿潭、鄭叔問、況夔笙、沈寐叟四人。

一三、凝寒室詞話　　徐興業撰

載國專月刊一卷二期。

一四、聽鵑樹詞話　　武酉山撰

載待旦雜誌創刊號。

一五、酹月樓詞話　　配　生撰

載北平晨報「藝圃」（民國二十年五月卅、卅一日，六月三、五、七、十一、十八、廿五日，七月二、八、十四、廿一日）。

一六、雜碎詞話　干　因撰

載北平晨報「藝圃」（民國廿三年十月三、五、六、八、九、十日）。

一七、詞　瀋　蜀　烝撰

載細流雜誌第四期。

一八、無相庵斷殘錄　施蟄存撰

載文飯小品第三期。

一九、讀詞雜記　巴壺夫撰

載學風雜誌四卷九期。

二〇、讀詞小紀　張龍炎撰

載金聲雜誌一卷一期。

二一、詞　品　高　文撰

載金聲雜誌一卷一期。

二二、詞　瀾　宣雨蒼撰

載國聞週報三卷八、九、十號。

二三、一葦軒詞話　劉德成撰

載東北大學週刊第一期。

二四、讀詞星語　蕭滌非撰

載清華週刊三十二卷二期。

二五、選讀軒詞話　朱保雄撰

載清華週刊三十四卷一期。

二六、醉月樓詞話　仵　鷴撰

載民彝雜誌一卷一、四期。

二七、論　詞　話　謝之勃撰

載國專季刊。內容：㈠溯源，㈡明體，㈢研究。

二八、餐櫻廡詞話　況周頤撰

載小說月報十卷五號至八號。

㈢　本篇重要參考書目

補元史藝文志　錢大昕撰

清史藝文志

清史列傳

文獻通考經籍考　馬端臨撰
續文獻通考　清高宗敕撰
清朝文獻通考　劉錦藻撰
清朝續文獻通考　劉錦藻撰
文淵閣書目　楊士奇等編
四庫全書總目提要　紀昀編撰
四庫未收書目提要　阮元編撰
四庫書目續編　孫耀卿編
叢書目錄彙編　沈乾一編
叢書目錄拾遺　孫耀卿編
八千卷樓書目　丁丙、丁和甫編
五十萬卷樓藏書目錄初編　莫伯驥編
抱經樓藏書志　沈德壽撰
述古堂藏書目　錢曾撰
讀書敏求記　錢曾撰
書目答問　張之洞撰

書目答問補正　范希曾補
中國歷代書目總錄　梁子涵編
國學用書類述　支偉成編
國立中央圖書館善本書目
中國文學家大辭典　譚嘉定編
大漢和辭典　日人諸橋轍次主修
清代學者著述表　蕭一山編
清代七百名人傳　蔡冠洛撰
歷代名人年里碑傳總表　姜亮夫編
歷代名人生卒年表　梁廷燦編
中國文學批評史　陳鐘凡撰
中國文學批評史大綱　朱東潤撰
中國文學概論　日人青木正兒撰
清代詞學概論　徐珂撰
文廷式四種　錢蕁孫等輯
詞話叢鈔　王文濡輯

詞話叢編　唐圭璋輯
彙輯宋人詞話　夏敬觀輯
詞學季刊　龍沐勛主編
詞學通論　吳梅撰
詞學概論　胡雲翼撰
詞曲研究　盧冀野撰
詩詞散論　繆鉞撰
絕妙好詞箋　查爲仁、厲鶚箋
白香詞譜箋　謝朝徵箋
詞選續詞選校讀　李次九校讀
校輯宋金元人詞　趙萬里校輯
近三百年名家詞選　忍寒居士編

後記

民國五十一、二年間，余負笈臺灣師範大學國文研究所，從　先師李公漁叔學詩，而余亦頗好詞，爰就歷代詞話，撰爲畢業論文，承　漁叔師悉心指導，始底於成。文成之後，復承　林師景伊、汪師薇史誨正，嘉惠良多，實深銘感。而撰述期間，嘗歷蒙　巴師壺天、聞先生汝賢及吾友丁君邦新協助，或指示途徑，或惠借藏書，謹一併致謝，並書此以誌弗諼。

民國五十三年六月，師大國文研究所出版集刊第八號，拙作亦與焉；時余方行役軍中，未遑親自校訂，致舛誤甚多，竊以爲憾焉。

近年披覽詞籍及目錄之書，於拙作所敍錄詞話中作者之生平、版本之考訂諸項，時有新得，乃隨手紀錄。又間閱趙萬里所輯校輯宋金元人詞，獲覩宋人詞話輯佚之本三種，卽楊繪時賢本事曲子集、楊偍古今詞話及鮦陽居士復雅歌詞各一卷，原書雖皆久已亡佚，有此輯本，縱未能窺其全豹，當亦可略覘其面目於一二也。其後，廣文書局出版夏吷庵所輯彙輯宋人詞話十二卷、龍沐勛所輯文芸閣先生詞話一卷，詳讀既竟，遂各加考訂，並提要敍錄，分別補入宋代詞話及民國詞話二編，於是宋代詞話較前增益四部十五卷，民國詞話亦增益一部一卷，經余敍錄之歷代詞話，其總數則增爲八十二部、二百七十二卷矣！

集刊所載拙作，謬誤既多，而內容近年又迭有補益，故每欲重加整理，刊行單行之本。自去歲暑期，卽陸續理董舊作，至今夏始竣事，何期天喪斯文，吾　師漁叔先生不幸於八月十二日謝世，十年親炙，常坐春風，而今梁木忽頽，門牆寂寞，徒存手澤，頓失心傳，不覺悵觸萬端，悲痛無涯，雖不能效子貢之廬墓三載，亦當如檀弓之心喪誌哀也。爰將拙作付梓，一以供詞學研究之參考，一以爲吾師永久之紀念。今當出版，謹誌其崖略如是。

民國六十一年九月六日　湘鄉　王熙元　謹識於景美寓廬

中華語文叢書

歷代詞話敘錄

1912

作　　者／王熙元 著
主　　編／劉郁君
美術編輯／鍾　玟

出 版 者／中華書局
發 行 人／張敏君
副總經理／陳又齊
行銷經理／王新君
地　　址／11494 臺北市內湖區舊宗路二段181巷8號5樓
客服專線／02-8797-8396　　　傳　　真／02-8797-8909
網　　址／www.chunghwabook.com.tw
匯款帳號／華南商業銀行　西湖分行
179-10-002693-1　中華書局股份有限公司

法律顧問／安侯法律事務所
製版印刷／維中科技有限公司　海瑞印刷品有限公司
出版日期／2018年5月再版
版本備註／據1973年7月初版復刻重製
定　　價／NTD 250

國家圖書館出版品預行編目（CIP）資料

歷代詞話敘錄 / 王熙元著. — 再版.— 臺北市
: 中華書局, 2018.05
面 ;　公分. — (中華史地叢書)
ISBN 978-957-8595-38-5(平裝)

1.詞話 2.詞論

823　　107004939

NO.H2066
ISBN 978-957-8595-38-5（平裝）

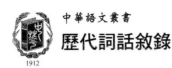